L'ALTARE DEL PASSATO

GUIDO GOZZANO

Ho ripensato al conte Fiorenzo X... l'altro giorno, dinnanzi al suo palazzo distrutto, con una mia cara amica, settantacinquenne.

E la signora mi rivelò un mistero sentimentale, un poco buffo, che dormiva nel mio ricordo da quasi vent'anni.

***

Io frequentavo la casa dei conti X... diciott'anni or sono - ne avevo otto - ed ero coetaneo di Vittorino, il nipote del conte; facevo con lui la terza elementare in quella triste scuola dei Padri Barnabiti, nella vecchia Torino.

L'amicizia dei due scolaretti era nata per interesse reciproco; Vittorino era forte in matematiche, io in componimento; l'uno svolgeva i temi, l'altro i quesiti. E ci si scambiava l'ospitalità nei giorni di vacanza. Per giungere alla casa del mio amico, si passava attraverso la parte vecchia della città - ora quasi tutta scomparsa - un labirinto di viuzze buie ed umidicce odoranti di bettola e di conceria, di frutta marcia e di vinaccia, dove il cielo appariva dall'alto come un nastro sottile e tortuoso, fra le mura decrepite dei palazzi nobiliari.

Rivedo il palazzo del mio amico. Un edificio di puro '600 piemontese; una serie di finestroni immensi; sulle due colonne d'ingresso un gran balcone dalla ringhiera curva con in mezzo l'anagramma in corsivo e la corona comitale, e molte campanule, molte rose, molti garofani che s'attorcevano, straripavano tra i ferri consunti come fresche capigliature.

Era lo studio del conte Fiorenzo, e quelli erano i fiori coltivati con le sue mani.

L'atrio e la scala erano a colonne di granito, vasti, cupi, freddi, polverosi. Non c'era portiere. Da portiere fungeva quel povero Mini - il fedelissimo del conte, suo compagno di gioventù, di viaggi, d'avventure - il quale era anche cuoco, domestico, staffiere, maestro, e completava, con una fantesca decrepita come lui, ed un giovinetto avventizio, tutta la servitù della casa.

Triste casa, dove fin dalla soglia s'intuiva l'abbandono, la decadenza, l'orgoglio pertinace, la ristrettezza mal dissimulata.

Quanti giovedì, quante domeniche, trascorse in quelle sale oscure, fra quelle cose tarlate, logore, stinte!

All'ultima parola del còmpito - fatto subito al mattino, sotto l'egida del conte Fiorenzo - si balzava dalla sedia con un grido di sollievo, si prendeva di corsa il grande corridoio oscuro, si giungeva precipitosi in cucina, a somma desolazione del povero Mini, della povera Ghita affaccendati per la colazione.

E per tutto il giorno si cercava d'interpretare a rovescio i rettorici ammonimenti del Libro di Buona Lettura.

Somme nostre delizie - fra le confessabili - aizzare la servitù, spellare il pollame nelle capponaie, colpire con il Flobert gli antenati delle vecchie tele, tormentare la zia Ernesta, la maniaca del secondo piano, salire sui solai, e di là, protesi a certe finestrette ovali, lanciare cartocci pieni d'acqua o peggio sulla testa dei passanti.

3

A mezzodì preciso scoccava la campana per la colazione. Allora si lasciava ogni cosa , ci si lavava, ci si ricomponeva per tavola una maschera di dolce ipocrisia.

Se chiudo gli occhi rivedo la vasta sala da pranzo, rivedo in una mezz'ombra alla Rembrandt le varie figure. La marchesa Amalia, vedova e mamma del mio amico, la zia Ernesta, muta e spettrale, lo zio prete gesuitico e goffo, lo zio capitano goffo e arrogante.

E fra tutti la bella figura - l'unica simpatica - del conte Fiorenzo, il signor papà: un bell'uomo dalla persona ancora agile e svelta, dalla folta chioma d'argento, dal profilo perfetto di vecchio Lord Byron decaduto...

Egli - comprendo oggi - era uno spirito colto, infinitamente superiore ai suoi figli; a quei due campioni mediocri della chiesa e dell'esercito, a quella zitella idiota, a quella vedova arcigna e irasci-bile. Doveva essere stato il giovane sentimentale e romantico, l'intellettuale dei suoi tempi, nutrito di Byron e di Lamartine, d'Alfieri e d'Aleardi... Ricordo certe discussioni coi figli, ho impresse nella memoria intere sue frasi.

"...ancora una volta; l'Alfieri va esaltato non fosse che per una cosa sola: aver trovato metastasia-na l'Italia e averla lasciata alfierana!..."

E rivedo la sua mano alzata, mano pallida e perfetta di patrizio, dall'indice adorno di un grosso cammeo, la bella testa candida sfavillante in un raggio di sole obliquo, la bocca volontaria, l'occhio azzurro, giovanile, sotto il vasto arco cigliare.

E non era il caso di pensare ad una vita austera, alla virtù premiata... Doveva avere avuto un'esi-stenza gaudiosa... viaggiato molto, amato molto, dissipato molto, secondo i dettami della poesia del suo tempo. E la sua giovinezza doveva essere stata avventurosa, magnifica, inverosimile come un romanzo di Chateaubriand.

- Al presente viveva quasi del tutto a carico della figlia e il tramonto del povero vecchio non era sereno. Si capiva quando mancavano lo zio prete, lo zio capitano, e a tavola sedevamo soli: l'idiota e noi bimbi da una parte, lui e la figlia dall'altra.

Costei aizzava il padre con la spietata freddezza del malvagio che deve elargire e sa d'essere ne-cessario alla vittima, e difficilmente giungevano alle frutta senza un alterco; alterco signorile, fatto di silenzi eloquenti e di poche parole sanguinose. Argomenti soliti: un gioiello da rendere, un cavallo da acquistarsi, un conto da soddisfare; e a ritornello di lei la dissipatezza di lui, le prodigalità passate, l'orgoglio, le follie...

Noi bimbi si taceva, gli occhi sul piatto di maiolica antica, intenti all'approdo di Ulisse o alla de-solazione di Penelope tra i legumi in salsa di pomodoro.

- Je ne payerai pas, voilà tout! - diceva lei; poi a voce pianissima: sibilando: - Vieux fou!

- Tu as dit?... Tu as dit?...

Il conte sobbalzava sulla sedia con tutti i muscoli del volto contratti dall'insulto figliale.

- Tu as dit?...

Quella non rispondeva, piegava il tovagliolo lentamente, s'alzava calma ed implacabile, spariva.

Il conte la seguiva con lo sguardo chiaro, fissava alcuni secondi la porta di dov'era scomparsa, poi si rivolgeva a noi di scatto, con volto ridente, con voce gaia, battendo le mani, quasi a scuotere il suo strazio e il nostro silenzio.

- Ah! Les gamins! Les gamins! Maintenant où allonsnous aujourd'hui? A Superga? Alle corse? Al Gianduia?

E mentre noi si discuteva a lungo sulla mèta, egli s'aggirava per la sala da pranzo, alternando un sorso di cognac alla sigaretta: toglieva dal piccolo scaffale un volume, leggeva ad alta voce, con ge-sto largo, la strofa di qualche poeta, canterellava, fissava il cielo e il soffitto, sognando...

***

Aveva una grande simpatia per me e mi prediligeva al nipote.

Forse la sua vecchiaia di sognatore intuiva nella mia infanzia strana, inquieta, curiosa, i germi del-la futura tabe letteraria...

Nelle lunghe passeggiate in città od in collina lo assalivamo di perchè, tormentandogli le mani se indugiava nella risposta, e ricordo ancor oggi - ammirando - la profondità di certe sue spiegazioni, la chiarezza poetica con la quale ci rendeva facile il congegno del parafulmine o del telefono, la meta-morfosi del maggiolino, l'anatomia del fiore.

Ma il sancta sanctorum della nostra curiosità erano le sue stanze.

- Chez monsieur le Comte! - diceva premurosa la servitù.

- L'appartement du Grand-Papa! - diceva il mio amico, l'indice al labbro, misteriosamente.

Per giungervi bisognava percorrere tutta la casa; una grande doppia porta dava nello studio, la sa-la del balcone fiorito. L'ambiente severo ed elegante rivelava il sognatore ed il raffinato, lo studioso e l'uomo mondano. Da un lato una vasta biblioteca saliva fino al soffitto, tutelata da una serie di bu-sti marmorei che formavano la mia grande meraviglia.

- Monsieur le corate, est-ce que c'est la tante Erneste, celle-là?

- Ah! Non, mon petit, - diceva egli ridendo -; c'est Dante Alighieri, le père des poètes.

- Alors, est-ce que c'est vous, monsieur le comte, ce monsieur-là?

- Mais non! C'est Lord Byron, mon très-cher poète anglais.

Allora toglieva dagli scaffali una grande Divina Commedia illustrata, o Don Giovanni, o Il Cor-saro, e ci sfogliava le belle stampe protette da un foglio di carta velina. Erano quelle, per me, ore di sogno beato.

Ma il mio amico si stancava quasi subito, costringeva il nonno a cose più gaie.

Allora il vecchio animava un armonium sul quale certe fontane zampillavano un loro zampillo di vetro a spirale e dove pastori e pastorelle cominciavano a danzare su di un'aria flebile e roca... O si passava nella sala attigua, fra le rarità che il conte aveva portate dai suoi viaggi d'Oriente, o spinge-vamo la curiosità fino alla sua camera da letto, parata nello stile dell'Impero, a strie gialle e turchine.

E si giungeva alla porta chiusa, alla stanza misteriosa dove nessuno era penetrato mai.

***

La stanza chiusa!

Il mio amico me ne parlava sovente, leggendo la favola di Barbe-bleu...

- Tu sais que grand-papa aussi a une chambre où personne n'entre jamais... Mini pas même (ch'era dir tutto), ni les oncles, ni maman... C'est défendu...

- Mais qu'est-ce qu'il y a donc au dedans?

- Sais pas... sais pas... - faceva il mio amico stringendosi nelle spalle con misterioso terrore.

La mia fantasia s'accendeva.

In cucina si tormentava per ore ed ore la servitù.

- Mini, che cosa c'è là dentro?

- I prigionieri del '48! - e sorrideva.

- Non è vero!

- I selvaggi del Malabar! - e sorrideva.

- Non è vero! Mini, tu sai e non vuoi dire!

Sapeva e non voleva dire. Si lasciava assalire alle spalle, piegare le ginocchia, strappare le fedine rossiccie, percuotere, ma taceva e sorrideva.

La cuoca interveniva.

- Da bravi, signorini! Si quietino e glie lo dirò io, in segreto.

Noi si lasciava la vittima, illusi qualche secondo dalla promessa.

- Il signor conte ha là dentro una gran bestia, portata dall'India, tanti anni fa... E Mini solo la può vedere, e va a trovarla due volte per settimana.

Noi si ascoltava, poco persuasi.

E io pensavo, intanto, ben altre cose.

Io non sono mai stato innocente.

Io - che fui e sarò sempre insanabilmente ingenuo - non trovo, pur risalendo alla mia infanzia, la cosa che si chiama il candore, ma la mia anima precoce, la mia malizia impubere, alle vedette.

Ora un giorno, dopo che Mini e Ghita s'erano affaticati a descriverci la belva prigioniera, e il pelo e le corna e le zanne e la coda, io interruppi quelle meraviglie zoologiche concludendo:

- Vittorino! J'ai compris maintenant ce qu'il y a au dedans! Il y a la bien-aimée de ton grand-papa!

I due poveretti tacquero, si guardarono, s'abbandonarono sulla sedia desolati!

***

***

6

Ma non era la "bien-aimée", non era una donna il segreto della stanza impenetrabile.

Quando m'era dato di giungere a quella porta - una vasta porta secentesca, ad intarsio di noce e a borchie d'ottone - io palpavo il legno ed il metallo, ascoltavo trepidante i rumori dell'al di là.

Nulla, mai nulla.

Non un mistero di vita, non un mistero di morte e di passato era custodito là dentro; non donne, ma puri spiriti erano prigionieri della porta pesante.

La mia fantasia si smarriva, la mia curiosità si esasperava.

E tormentavo il mio amico, avvezzo a quel mistero, rassegnato a quel divieto; lo costringevo a lasciare i giochi, a passare ore e ore nelle stanze del nonno, per poter contemplare in fondo, nera e borchiata, la grande porta misteriosa.

Si bussava allo studio del nonno ed egli appariva sorridente. Ma talvolta non rispondeva. Allora si spingeva cauti la porta: lo studio era buio, il vecchio non c'era. S'indietreggiava, si fuggiva spauriti.

Ma una sera io presi Vittorino per mano, lo trascinai in quella tenebra fosca.

- Il doit être dans la chambre de la bête farouche! Allons-nous la voir, allons-nous l'épier!

- Non! Non! J'ai peur!

- Viens donc, lâche! Viens!

E lo trascinai attraverso le stanze buie; avanzammo a tentoni, nello studio, nella sala orientale, fi-no alla camera da letto.

Il conte era nella sala misteriosa!

Una striscia di luce filtrava sotto la porta chiusa, si propagava sul lucido pavimento a mosaico...

Ginocchioni, senza respiro, con l'occhio tra la porta e la soglia, si cercava invano di scorgere qualche cosa; giungeva soltanto, come un fumo odoroso, un aroma d'incenso.

Il sangue mi pulsava alle tempia con la violenza d'un maglio. Nel silenzio udivo il battito del mio piccolo cuore accordarsi col rodìo d'un tarlo, col tic-tac del grande orologio a pendolo. Poi una voce, la voce del conte, indistinta, alterata, come quando diceva dei versi, ma più incalzante, affannosa ora di supplica, ora di richiesta, quasi rivolta a più persone, quasi in attesa vana di una risposta... E poi lunghi intervalli di silenzio sepolcrale.

Non capivo le parole.

- ... horrible... pas plus... chevelure... épouse... Katty... Hortensia... souvenir... pardonner...

Un lungo silenzio. Poi un sospiro lento e straziante, il sospiro del disperato rimpianto. Poi un sof-fio, un altro soffio... la striscia di luce s'affievoliva: il conte spegneva, stava per uscire...

Balzammo in piedi, fuggimmo ratti e silenziosi come sorci, riparammo in cucina...

Ma un'ora dopo io volli che si ritornasse a bussare allo studio del vecchio. Egli ci accolse benigno; come al solito ci fece vedere le stampe, i libri di scienza e di viaggio. E come, in fondo, attraverso le stanze, appariva la grande porta chiusa, io non mi trattenni, raccolsi tutta la mia audacia, domandai sommesso:

- Et là dedans, monsieur le comte, est'il vrai qu'il y a une bête terrible?

Egli mi guardò, mi passò una mano sulla nuca, sorridendo:

- C'est Mini qui dit ça?... C'est vrai... Une bête terrible vraiment... - poi tacque, poi parve sussur-rasse piano, come a se stesso:

- Le regret, mon enfant!...

***

Gli Anni mi divisero dal mio amico. Seppi l'esilio di lui, a Parigi, con la madre, passata a seconde nozze.

Lessi, poco dopo, la morte del conte Fiorenzo.

La mia infanzia si dileguò nel tempo.

Passò, passò quasi vent'anni la cosa fatta di giorni che si chiama la vita. Dimenticai.

Ma ho ripensato al conte Fiorenzo dinnanzi alla sua casa distrutta, con una mia cara amica settan-tacinquenne; una di quelle signore che prediligo, perchè hanno alle spalle un'infinita lontananza di figure, di tempi, di paesi e il loro discorso ha per me il fascino misterioso di una fiaba.

Intelligenza sveglia, dal motto pronto ed arguto, che in mia serata aduna intorno alla sua canizie tutti i corteggiatori e li contende alle belle papere ventenni. Anima buona, tuttavia, e sentimentale, che molto ha vissuto, che tutto sa comprendere, tutto perdonare. Forse (molto si favoleggia sulla sua giovinezza remota) forse perchè tutto le sia perdonato.

Il mezzodì era prossimo. Entrammo in una grande confetteria.

- Grazie, caro. Offri un amaro a me, una pasta a Khy-San.

Seduti in disparte, presso una grande vetrata che dava sulla via turbinosa, io tenevo sulle ginoc-chia la canina giapponese, una meraviglia di grazia e di bruttezza.

E guardavo fuori, al di là delle case nuove, un grande spiazzo di quartieri demoliti; e nella desola-ta tristezza dei ruderi, delle aste, delle palizzate, riconobbi ad un tratto la casa del mio amico d'in-fanzia, già distrutta per metà, distinsi le colonne d'ingresso, il gran balcone centrale.

- Signora, lei ha conosciuto i conti X...?

Ella ebbe un moto con le due mani e un largo sorrise.

- E quanto! La contessa fu tra le mie care amiche... Adorabile creatura! Era Dama di Maria Cristi-na. Morì giovanissima di mal sottile. La Regina la pianse, come una sorella.

- Ma lui il conte Fiorenzo...

La signora non sorrise più.

Tolse dalle mie ginocchia, accoccolò sulle sue Khy-San che guaiva, mormorò con voce mutata:

- L'homme aux cinq cents maitresses...

- Cinquecento!

- Se non tante, molte davvero... Molte ne ho conosciute anch'io...

E prese a fare qualche nome, evocando; e ad ogni nome si affacciava alla mia fantasia una larva di donna, fatta polvere da gran tempo.

- Quando l'hai conosciuto, tu?

- Diciott'anni fa, signora. Ero amico del nipotino...

- Bisognava vederlo ai suoi giorni!... Aveva quella freschezza fatta di linee perfette, di forza, di nobiltà, di fierezza, d'intelligenza... Le donne smarrivano la ragione... Ma era un uomo di fine senti-mento, che non amava la società del tempo vostro... Leggo i vostri libri, e vi compiango. Forse son vecchia e non so più capire; ma ciò che oggi chiamate l'amore a me pare un pettegolezzo mondano, uno scambio d'egoismo e di vanità...

- Signora!

- È così, è così...

Tacque, presa dalla tosse e dall'affanno, ravviò con mano tremante la seta ondosa che guarniva le orecchie di Khy-San.

- Io ero bambino, ma ricordo che il tramonto del conte era triste. Quella figlia...

- Un'aspide! Da molti anni io non frequentavo la casa per lei... Povero conte!... Avevo notizie dal fedelissimo Mini che incontravo qualche volta... Altra cara figura!

Ed ella ebbe un sospiro lento che mi ricordò un altro sospiro straziante, udito chi sa quando, chi sa dove, sopito nella mia memoria da anni... Un ricordo mi balenò d'improvviso.

- Signora, ricorda di aver sentito parlare delle stranezze del conte, di una certa stanza misterio-sa?...

- Anche questo tu sai! Era la favola di tutti... La stanza chiusa!...

- Ma che cosa custodiva?

- Se ti racconto, tu ridi... E hai torto; ti sia esempio della finezza di quell'anima delicatissima.

Vecchio, decaduto, sfinito, aveva conservato intatta la poesia della sua primavera, aveva un rifu-gio dove ringiovaniva il suo cuore decrepito. In quella stanza aveva adunato tutte le spoglie delle donne amate. La chambre à souvenirs...

Si raccontano cose strane.

Le pareti erano occupate da grandi armadi. In mezzo sorgeva un inginocchiatoio, con molti lumi-ni, con molti fiori. Il conte si confinava là dentro nelle ore di rimpianto, accendeva tutti i candelabri, bruciava incenso, perchè l'aria fosse sacra come quella d'un tempio.

E visitava gli armadi, toglieva, palpava, baciava ad uno ad uno i ricordi: la veste nuziale e le zaga-re appassite della sposa morta, le smaniglie e il velo della Persiana, la meravigliosa capigliatura d'oro che Katty N... si recise e gli mandò in dono prima di pugnalarsi in un albergo di Vienna... il rosario e il soggolo di una carmelitana, il manicotto enorme di una dama dell'imperatrice Eugenia, le babbucce gemmate d'una cortigiana famosa, che lasciò per lui la protezione del Re, vesti, guanti, nastri, cinture, fiori finti, fiori secchi, tutti gli oggetti più strani e più diversi che può lasciare sul suo cammino una donna; e ritratti e ritratti, e lettere e lettere; e ogni cosa ordinata, collocata, segnata da un cartiglio recante un nome e una data...

- Un collezionista maniaco!

- Forse... ma un grande poeta! Compiuta la visitazione, si inginocchiava ai piedi dell'altare lumi-noso e fiorito, dinnanzi a tutti gli armadi aperti, e col viso tra le mani, chiamava a nome tutte le don-ne della sua gioventù... Aveva composto per ognuna una strofe di richiamo e tutte si ritrovavano là tra quei fiori, quei lumi, quell'incenso, non più rivali, non più gelose, fatte sorelle dal non esser più... o dall'essere vecchie, il che è la stessa cosa, mio caro Guido!

Khy-San guaiva, impazientissima.

Io guardavo, oltre il cristallo, i ruderi del palazzo lontano, le colonne d'ingresso, il balcone non più fiorito. Pensavo il vecchio ginocchioni ed officiante... Il demone dell'ironia mi forzava il sorri-so...

La signora mi guardò, accorata.

- Non ridere, non ridere!

Accarezzò Khy-San, l'acquietò con una pasta alla crema; ebbe nella voce e nello sguardo un di-sperato rimpianto, e fu per me la rivelazione certa:

- Voi, giovani, non potete comprendere. Ma era dolce amare, era dolce essere amati così!...

"... Ho anche letto di lei una novella: L'Altare del passato. Mi permetto (seguono le impressioni della scrivente) e mi permetta di pregarla di una visita qui, a Venaria Reale. Anch'io ho una chambre à souvenirs che potrà interessarla e abito una casa, modestissima casa, ma che le deve piacere.

"Non tema tranelli o galanterie sentimentali. Ho sessantasei anni.

"Abito alla Rotonda, n. 4. Poi domandi della Garibaldina. Tutti mi conoscono.

"ORTENSIA N. N."

Un tranello? Non si sarebbe detto. La carta era ampia e giallognola, veramente arcaica e provin-ciale, la calligrafia accurata e lievemente tremula, con la s prolungata, la busta recava il bollo autenti-co. Ma gli amici sono artisti mirabili nelle ricostruzioni, quando si tratta di beffare un poeta. Pruden-tia docet.

E per paura d'una beffa e in attesa di notizie prudenti, differii di giorno in giorno, di settimana in settimana. Il destino mi portò all'estero per molto tempo. E dimenticai Garibaldina senza averla co-nosciuta.

La ricordai quasi due anni dopo; quando mi ritrovai alla Venaria, in partita di caccia. Io non sono cacciatore. Mi sarei annoiato mortalmente nel parco vastissimo, tra quegli amici che la passione con-vertiva in forsennati silenziosi e sanguinari, mi sarei annoiato mortalmente, se non m'avesse consola-to la sottile poesia del luogo. A vent'anni, per snob, disprezzavo Torino e i suoi dintorni; oggi ho im-parato a conoscerli e ad amarli. Come mi piace la Venaria! Solo, abbandonato nel vasto parco dai miei amici dispersi, ascoltavo i colpi echeggianti dei fucili che potevano ben essere le archibugiate d'una partita di caccia in sul fluire del '600 o sul principio del '700, quando la corte si riposava in ozi arcadici o venatorii, dopo i giorni terribili dell'assedio.

Il Castello, la mole rossigna di mattoni grezzi, traspariva tra il verde; e come lo stile del Juvara si armonizzava con la ramaglia degli alberi testimoni dei secoli andati! Vagai tra i boschi, dove la mia nostalgia poteva illudersi di vivere ai giorni di Carlo Emanuele II; visitai il Castello dei Laghi, sostai alla Bizzarria, il convegno di caccia, mi dissetai al Passatempo delle Dame. Malinconia non traduci-bile di quel passato, quando la Corte Sabauda aveva qui la sua sede, riflesso un poco provinciale del-le consuetudini di Francia e del fasto boschereccio dei re Luigi! Rientrai in paese.

Chi l'ha vedû Turin e nen la Venaria

A l'ha vedû la mare e nen vedû la fia.

Sì, ma una figlia più vecchia di una madre, una zitella di età immemorabile! Strana mistura di borgo campestre e di pretesa cittadina, con quella Piazza d'Armi dove un giorno rombavano i mortai di Madama Reale e quella Chiesa barocca dell'Alfieri e le due colonne marmoree della piazza, la Piazza dell'Annunziata, segnata dallo stile del Juvara essa pure, con gli edifici a cinque piani e i por-tici pretensiosetti.

- Già, la Garibaldina è ritornata da Palermo...

- La Garibaldina, - e la mia memoria ebbe un lampo, - La signora Ortensia N.?

- Precisamente.

- Dove abita?

- Qui a destra: sotto i portici.

- Che donna è?

Il tabaccaio mi guardò con qualche curiosità.

- È una vecchia in gamba, che porta i suoi settant'anni come se fossero venti. È di Venaria. Ma passa gran parte dell'anno dai parenti di suo marito, il Garibaldino: per questo la chiamano così. È stata allevata da uno zio, un prete; il parroco che avevamo una volta. È una donna molto istruita, molto originale e troppo schietta; letica con tutti, ma tutti le vogliono bene.

Uscii, suonai alla porticina di legno scolpito e tarlato. Quale prigione doveva essere quella casa e quale tanfo di chiuso là dentro! Ma quando la porta s'aperse, mi salutò una luce vivissima che veniva da un bel giardino verde e m'accolse un profumo di glicine e di rose così acuto che vinceva l'odore di muffa delle stanze secolari.

Una fantesca pingue m'introdusse in un salotto, in attesa. Due finestroni a telaietti davano nella mezza ombra tetra della via settecentesca, ma verso il giardino era la luce verde e sempre giovane, un tremolìo d'acquario luminoso, attraverso i pampini delle pergole folte. Osservavo. Un magnifico mo-bilio dell'Impero, a fasce lilla e gialle, due canterani a mezzaluna di legno intarsiato, desiderabilissi-mi, alcune tele di pregio; e tutte queste cose profanate dai sopramobili di mezzo secolo di cattivo gu-sto: fiori e frutti sotto campane, uccelli imbalsamati, ecc... tutti gli arredi indispensabili dei salotti atroci. Miniature, dagherrotipi, fotografie a profusione deturpavano il ricco damasco delle pareti, viola a losanghe gialle, e alle due estremità due grandi oleografie: Pio IX e Leone XIII - omaggio al-lo zio defunto - stavano di fronte a Vittorio Emanuele II e Garibaldi, omaggio al defunto marito.

Udii un passo giù per le scale, nel corridoio: ecco la vecchia. Ma non era una vecchia che mi fis-sava dalla porta. Eretta sulla persona snella, i capelli divisi in due bande lustre - quei capelli castani e lisci che non diradano e non incanutiscono mai - la signora Ortensia mi guardava dalla porta ed il suo volto sembrava un volto giovane, lievemente truccato da "madre nobile" da un filodrammatico mal-destro. Tanto che la riconobbi subito, da una miniatura, fissata a lungo poco prima, appesa alla pare-te.

- Per carità! Badi che non l'ho chiamato qui per farmi dei madrigali! Quella miniatura ha cin-quant'anni precisi. Ne avevo diciotto. Ma prima di tutto, mi dica, come mai s'è fatto desiderare due anni. Che cosa temeva?

La voce era brutta come una brutta voce maschile, con un che di pretesco, ereditato certo dallo zio, un porgere quasi rude, ereditato certo dal marito, ma le cose che diceva erano piene di grazia e giovani come il suo volto e come la sua persona.

Vidi in un cestello da lavoro una copia dell'Illustrazione, della Nuova Antologia.

- Era già abbonato mio marito buon'anima. Ho sempre letto molto e leggo oggi più che mai. Non rimane altro alla nostra età. Ma i bei libri si vanno facendo sempre più rari; o sono io che invecchio terribilmente...

Parlai, la feci "parlare letteratura". Non era una divoratrice di libri soltanto. Era una donna intelligente, ma d'un'intelligenza che s'era fermata a Carducci e a De Amicis. Ostile a D'Annunzio, indifferente a Pascoli, non aveva varcata la soglia letteraria della nuova generazione. Ma come conosceva bene e come amava i maestri d'un tempo, quali cose esatte e profonde - la profondità è così rara in una donna! - diceva su Carducci e su Victor Hugo. E come conosceva tutta la letteratura storica, e il Risorgimento e la critica bibliografica alle gesta di Giuseppe Garibaldi. Due, tre volte mi prese in fallo, mi corresse rudemente su date, nomi, episodi. Salvai la mia ignoranza deviando il discorso.

- Suo marito?

- Precisamente.

La signora Ortensia s'alzò, staccò dalla parete una fotografia colorita: camicia rossa, naturalmente, ma un volto non garibaldino, nonostante la chioma e la barba stilizzata; un bel tipo siciliano, bruno, dagli occhi profondi.

- Mah! Era destino che il compagno della mia vita mi piovesse di lassù.

E la vecchia signora accennò al soffitto a grosse travature.

Pensai certo che volesse alludere ai disegni imperscrutabili della Divina Provvidenza.

- Si creda in un Dio o in un Fato soltanto, tutto piove di lassù, cara signora.

- Ma no, lei non m'ha capito. Mio marito è veramente piovuto di lassù in questa sala. E ho fatto la sua conoscenza così. Senza di questo non ci saremmo sposati mai.

Guardai la vecchia signora, con qualche inquietudine.

- Le ho detto che io ero orfana e che fui allevata da mio zio, un sacerdote d'antico stile, ligio al passato, con tricorno, codino e calzaretti: un cuore d'oro, al quale devo tutto, ma che m'ha amata a suo modo, tenendomi prigioniera fino a vent'anni e che io ho amato a mio modo, tormentando la sua vecchiaia con un'irruenza maschile e ribelle che non s'è modificata mai... Lei, loro della nuova gene-razione non possono immaginare che cosa fosse un'anima ardente che si schiudeva alla vita in quei giorni, tra il '60 e il '70; un'anima chiusa, guardata a vista tra queste pareti, mentre fuori, d'intorno, rombava come un vento di vittoria il nome dell'Italia che si compiva e il sogno fatto realtà balenava di figure d'eroi d'una bellezza e d'una grandiosità delle quali oggi s'è perduta financo la specie; eroi da far dar di volta a tutti i cuori diciottenni d'Italia. E io avevo diciott'anni, caro signore, e forzavo la clausura di questa casa con tutta la merce più invisa: Aleardi e Fusinato, Mazzini e fogli rivoluzio-nari; leggevo, capivo e sognavo. Sopra tutto sognavo; e, come ogni fanciulla d'allora, deliraro per Garibaldi. Non l'avevo mai visto, non l'avrei visto mai; forse per questo l'adoravo di più. Conoscevo tutto di lui, attraverso libri e giornali, possedevo una raccolta segreta di litografie dove potevo seguirlo in ogni sua gesta: l'incontro con Anita, Garibaldi duce della Legione di Montevideo, Garibaldi agricoltore a Caprera, Garibaldi che medita la spedizione dei Mille, Garibaldi ferito dopo i giorni d'Aspromonte.

Il nome dell'eroe era bestemmia in questa casa. Chi aveva detto "Roma o morte" si era dannato per sempre, in questa vita e nell'altra.

Bisognava tacere e adorare in silenzio. E venne il '70, vennero i giorni balenanti. E in questa casa, tra zio e nipote, correva il più stridulo contrasto e il più tacito disaccordo di sentimenti.

L'una esultava e adorava, l'altro esecrava e malediva. Povero zio! A tavola lo vedevo leggere le notizie con volto di giorno in giorno più corrucciato. Ed io godevo del suo rammarico. Si è crudeli a vent'anni!

Ma il destino fu per quel sant'uomo più crudele di me. Venne ad abitare al primo piano una fami-glia siciliana, ricchi mercanti d'olio e d'agrumi, e poco dopo venne un giovanotto che mi colpì subito per gli occhi nerissimi e i denti bianchissimi e una cert'aria nei capelli e nella barba, nella figura e nel passo marziale che mi pareva di riconoscere, d'aver già visto altra volta, in sogno forse, ma visto certo. Tanto che quando la cuoca mi annunziò tremando: abbiamo qui sopra una famiglia di eretici; quel giovanotto è un Garibaldino: uno dei dannati di Porta Pia - io esclamai esultando: Un Garibaldino! L'avrei giurato!

E da quel giorno mi parve di vivere in una ballata del Prati.

Mio zio, a tavola, aveva un volto convulso, quasi cianotico; m'ammonì solennemente: - È proprio così. Evita di salutare quelle signore, anche quando le incontri per le scale. Il cielo ci vuol provare mettendoci a contatto di gente sciagurata. Da parte tua non sarà mai troppo il riserbo.

Promisi. E il giorno dopo, quando vidi passare sulla piazza il giovane sciagurato, esposi, agitai per un secondo dietro i vetri di questa stessa finestra, una stampa del Generale. Il giovane vide, si fermò trasecolato. - Non dimenticherò la sua espressione mai più. - S'avvicinò ai vetri: io sorrisi e scomparvi.

Il giorno dopo egli passò indossando la camicia rossa. Era la prima volta ed era un omaggio che faceva a me: fu uno scandalo in paese. Io deliravo, in silenzio; deliravo non per lui, ma per la sua divisa, per quanto di garibaldino emanava dalla sua figura; amavo in lui - che m'era sconosciuto e indifferente - l'Eroe dei miei sogni. E non potergli parlare!

- Quello spudorato ostenta in paese la divisa sacrilega. Il cielo saprà punirlo.

Oimè, il cielo precipitò le sorti in tutt'altro modo e favorendo il nostro idillio silenzioso con una catastrofe inverosimile.

Da qualche giorno si sentiva in casa uno strano odore di bruciaticcio, acre e soffocante che mozzava il respiro. In questa sala poi, l'aria si faceva irrespirabile e velata:

- Dev'essere preso fuoco ad un camino; questa è fuliggine che brucia, - diceva mio zio, ansimando più che mai.

- Sono quelli di sopra, - sosteneva la cuoca, - quel dannato di figliuolo dorme precisamente qui sopra. Chi può dire che cosa stia macchinando? Giurerei che prepara la polvere per far saltare in aria la cristianità.

Furono chiamati manovali competenti, fu visitata accuratamente tutta la casa nostra, la casa dei "dannati", che protestavano, allarmati essi pure. Ma la ragione dello strano fenomeno non si trovava.

Fu persin necessario un abboccamento tra mio zio e il vecchio di sopra, per la questione d'un camino in comune.

- Sembra un uomo dabbene, nessuno lo direbbe il padre di quell'anticristo.

E mio zio tossiva, tossiva e tossivo anch'io; e l'aria in questa sala si faceva sempre più irrespirabile.

Ed una notte l'incredibile catastrofe avvenne.

Fu nel buio e nel silenzio un fragore, un rombo che scosse la casa dalle fondamenta. Tutti ci trovammo in piedi, in camicia, nell'oscurità: io, lo zio, la cuoca, urlando impazziti.

- Il terremoto! Le mine! Una bomba! I ladri!

Quando furono accesi i lumi e ci precipitammo verso la sala, l'aria era annebbiata di fumo e di calce. La prima cosa che mi vidi venire incontro fu il cane dei nostri vicini di sopra, che guaiva lamentosamente. E nella sala, alla luce delle nostre candele, apparve una rovina spaventosa. L'ultima trave era spezzata, un buon terzo del soffitto sfondato; nella sala, tra un cumulo di macerie, si distingueva un letto, due sedie, materassi e lenzuola disperse e un uomo che si agitava - non più in eroica camicia rossa, ma in prosaica camicia da notte - invocando soccorso.

- Ortensia, ritirati!

Mi rifugiai nel corridoio, ascoltando.

- Ma come mai lei s'è introdotto nella mia casa?

- Introdotto? Ci sono precipitato, non vede?

- Ma che cosa macchinava lassù? Chi ha fatto quel buco?

- Lo domando a lei! Non io certamente! Sono salvo per miracolo! Ma una gamba non mi regge e vedo le stelle...

- Vediamo, vediamo, - e la voce di mio zio si rabboniva, - si accomodi intanto e si copra. Io mi vesto e vengo subito.

S'udivano dall'alto, dall'orlo della buca, le grida di spavento, le invocazioni della famiglia di sopra che domandava notizie dello scomparso e la cagione dell'accaduto.

Era accaduta una cosa strana e semplicissima. Una scintilla del camino aveva carbonizzato la trave del soffitto, minandola come può fare un tarlo, per settimane e settimane, pur lasciandone intatta la superficie. E nell'ora fatale aveva ceduto.

- Mio figlio! Mio figlio! Cesarino? Sei vivo?

- Vivo, mamma! Non ti disperare.

Subito tutta la famiglia di sopra fu nella nostra casa. Un dottore, chiamato d'urgenza, giudicò la gamba non grave, ma temibilissima una congestione per lo shock del capitombolo, necessaria l'immobilità assoluta ed il silenzio. Fu improvvisato un letto in questa sala stessa, là, in fondo. E il ferito restò qui tre settimane.

- E lei lo vegliò amorosamente, come nei romanzi d'una volta.

- Proprio, ma non sola. C'erano la madre e la sorella che si davano il turno; e mentre noi si veglia-va, il padre di lui e mio zio giocavano a carte, bevendo, ciarlando, presi da quella reazione di simpatia improvvisa che segue sovente le avversioni silenziose ed ingiustificate.

L'ammalato migliorava. Ma verso sera sopraggiungeva la febbre ed il delirio. Una sera, per adattargli la vescica del ghiaccio sulla nuca, fui costretta a sollevare la folta chioma nera sulla bella fronte pallida. Egli mi baciò la mano che ritirai subito; aprì gli occhi, arrossì come un fanciullo.

- Perdoni, signorina, l'avevo presa per mia sorella.

Un altro giorno, dopo un lungo silenzio, soli questa volta, io fissavo nel sonno quel bellissimo volto, quando m'accorsi che il giovane mi guardava tra le lunghe palpebre appena socchiuse:

- Signorina, io sono umiliato.

- Umiliato di che?

- Non le so dire. Della figura grottesca che ho fatto, che faccio con lei. Penso che nella mia vita avrei potuto conoscerla in dieci occasioni gloriose ed apparirle un eroe. E invece le sono precipitato in casa come un sacco di legumi. Avrei voluto averla infermiera a Milazzo, quando sbaragliammo le truppe di Bosco. Fu una lotta a corpo a corpo contro i Borboni. Non guardavano più a noi. Tutte le sciabole erano dirette a Lui, era Lui che volevano uccidere. E il Dittatore sarebbe stato finito se Mis-sori, se Statella, se noi più fidi non gli avessimo fatto scudo. E fu nel fargli scudo che mi presi questa graffiatura.

E Cesarino scoperse il petto sopra una larga cicatrice obliqua.

- Fui dieci giorni in un fienile tra la vita e la morte: e avevo a vegliarmi una vecchia quasi scema... Penso oggi, con rimpianto, che quella vecchia avrebbe potuto esser lei.

- Sono giunta troppo tardi, - sospirai, ad arte, - sono giunta troppo tardi, signor Cesarino.

- Troppo tardi per la gloria, ma non per l'altra cosa.

- Qual cosa?

- La cosa che penso, - mormorò fiocamente il malato.

E non parlò più. E chiuse gli occhi. Ma quando gli posai il ghiaccio sulla fronte ardente, mi baciò la mano ancora una volta. E non mi disse più di avermi presa per sua sorella.

***

E così, sei mesi dopo, sposavo l'uomo che fu per quasi quarant'anni il compagno della mia vita.

- Ed è stata felice?

- La domanda è indiscreta; ma le mie confidenze gliene dànno il diritto. Non felice, - la felicità non è di questo mondo, - serena. Certo non si prolunga per mezzo secolo la poesia dei vent'anni. Se penso a quei giorni mi par d'averli letti in un bel romanzo.

- Signora, temo che lei non abbia amato suo marito, mai.

- Signore, l'ho adorato!

- Mi spiego. Ha amato in suo marito l'eroe dei suoi diciott'anni: Giuseppe Garibaldi. Penso che molti cuori diciottenni abbiano avuto in Italia, in quei giorni, la stessa illusione e abbiano sposato un garibaldino non potendo sposar Garibaldi...

- Per copia conforme, - e la vecchia signora sorrise, col suo bel sorriso giovanile - per copia conforme: può darsi anche questo...

Io parlo sovente, forse troppo sovente della mia infanzia. Ma devo risalire a quell'origine prima, se voglio ritrovare qualche immagine fresca, qualche cosa viva e vera da raccontare. Via via che scendo verso il presente tutto si confonde, si illividisce, s'abbuia: la mia memoria, per una strana inversione, non conserva nitide che le impressioni remote.

Palmira Zacchi. Basta il nome per resuscitare la donna, anzi, tutto un tipo di donna: la gran ballerina, la Diva della quale abbiamo perduto la specie. Strano esemplare d'una galanteria che non è più! Due gambe agili, muscolose, che l'esercizio ha fatto un po' maschili, dal polpaccio eccessivo, guizzante nella maglia rosea, erette sul pollice irrigidito, gambe più importanti di tutta la restante persona, innestate nei petali vaporosi del gonnellino di tulle come due pistilli troppo rosei e troppo carnosi, sui quali s'appuntavano i mille binocoli di tutto un pubblico defunto: viveurs decrepiti o adolescenti stilizzati secondo l'umorismo di Teja o di Gavarni: "le gambe d'una ballerina...". La restante persona contava poco. Sul gonnellino una vita di vespa reggente due seni sferici e gonfi di nutrice, due braccia per lo più scarne e bruttine, un visuccio camuso e volgare, un'acconciatura a toupet con diadema a mezzaluna e relativa stella in brillanti...

- E per donne di tal fatta i nostri papà tradivano le nostre mamme, per donne di tal fatta si legge-va nei drammi e nei romanzi di Sardou e di Dumas come il marchesino Gastone sperperasse le so-stanze del padre, facesse morire di dolore la canuta sua madre, tradisse il puro affetto di madamigella Sidonia e finisse col farsi saltar le cervella...

Rallegriamoci di esser nati mezzo secolo più tardi.

Molte cose hanno progredito in buon gusto, compreso il tipo della donna fatale. Ma esistono oggi donne fatali?

Certo, al tempo in cui risale il mio ricordo, Palmira Zacchi aveva cessato d'essere una donna fata-le. Aveva quasi sessant'anni ed era diventata baronessa Altari, moglie legittima del barone Altari, nobile canavesano, scudiere di S. M. il Re Vittorio; come gran parte delle ballerine d'alto rango ave-va coronata la sua vita di falena spensierata e vagabonda con un blasone autentico. Il che le faceva indulgente tutto il paese e tolleranti tutte le signore. Il Barone era morto due anni dopo, in condizio-ni finanziarie non liete, lasciando alla vedova non altro che una villa attigua alla nostra, una villa di gusto atroce: stile anglo-svizzero-cinese, con i nani in terracotta sui balaustri del giardino e i moretti reggenti i lampadari lungo lo scalone di marmo. Là Palmira Zacchi trascorreva la sua vedovanza e scendeva qualche volta da noi. La ricordo nel nostro giardino in certe sere d'estate, seduta accanto a mia madre che a me sembrava divinamente giovane, quasi una bimba minuscola accanto a quella donna alta e possente, in gramaglie, dal volto aspro, con sotto il mento (sono mie impressioni d'allo-ra) una pelle che tremava nel parlare come quella delle testuggini; e ricordo nitidamente qualche inte-ra sua frase, e quella sua voce buona e dolente, mista di nativo milanese, e quel sorriso che le incre-spava il volto di rughe e le scopriva i denti troppo belli...

- Signora, lei è giovane; mi creda, non c'è ferita che il tempo non risani...

E ricordo ancora:

- Le han fatto del male? Passa! Meglio ricevere il male che farlo; a me ne han fatto tanto...

Poi ricordo mio padre sopraggiunto e il commiato e la Baronessa che s'allontanava lungo il viale, agile ancora e svelta, e il commento dei miei:

- Dev'essere stata una magnifica creatura.

- Magnifica.

- E d'animo non volgare, di cuore veramente grande.

- Grandissimo, - sorrideva scettico mio padre. - Lo possono attestare re e imperatori.

***

Aveva una grande predilezione per me.

Ero allora un bimbo di forse sei anni, ricciuto, precoce, ciarliero, e la vecchia danzatrice solitaria s'illuminava tutta vedendomi, m'abbracciava con tenerezza infinita, con la nostalgia di maternità insoddisfatta che è in fondo alla vita d'ogni mondana. Se entrava in giardino e mi trovava solo, mi rincorreva, mi ghermiva, mi sollevava in alto, mi sbalzava nel vuoto quattro, cinque volte, mi faceva turbinare sulle sue spalle a passo di danza, a piroette vertiginose con tutta la forza e l'agilità della sua arte provetta: ed io non vedevo più nulla, soffocato di gioia e di spavento.

Un episodio improvviso venne a ribadire la nostra intimità. Una mia sorella s'ammalò di non so che febbre contagiosa, rosolia o morbillo. Fu necessario esiliarmi di casa subito. La Baronessa era presente nell'ora d'angoscia, in giardino, mentre il dottore consigliava ai miei parenti la mia partenza immediata. Subito ella proferse d'ospitarmi. I miei rifiutarono. Ma quella insisteva con buone ragioni: la sua villa era isolata, garantita da ogni contatto e vicinissima ad un tempo: mia madre avrebbe potuto vedermi ad ogni ora. Accettassero! Non era un favore: era un favore che facevano a lei, sola con la servitù e col suo dolore, nella grande casa squallida. Tanto supplicò che ottenne il consenso e mi portò via tutta lieta, correndo giovenilmente, col suo passo di danza.

***

Altre cose ho visto nella vita: e terre lontane e grandi capitali e uomini strani, e ho passate ore di gioia e d'angoscia. Ma nessuna equivale l'emozione di quei quindici giorni d'ospitalità a villa Palmira.

La Baronessa aveva adunato nella villa d'improvviso, alla rinfusa, tutti i ricordi del passato: una miniera d'emozioni intraducibili per la mia fantasia che s'apriva allora avidissima alla vita. Intere sale erano ingombre dal pavimento al soffitto di mobiglio accatastato, di quadri, di libri, di armi, di cassapanche semiaperte donde traspariva un diadema, un pettorale di falsi brillanti, una lorica a scaglie d'oro. E fotografie, infinite fotografie d'uomini e di cose, giochi meccanici che mi mozzavano il respiro per la meraviglia: il Trocadero con le cascate multiple, di cristallo a spirale, la torre Eiffel in oro, con i visitatori che salivano e scendevano, un albero carico di colibrì smaglianti che si mettevano a trillare agitando le ali, un Tempietto Greco dove al suono d'un congegno melodico apparivano una ballerina e un ballerino intrecciando piroette.

- Sei tu?

- Sono io. E l'altro è il famoso mimo Radesi. È un dono dello Czar. Il mio volto è fatto come una miniatura dal più grande pittore russo.

- Non ti somiglia.

19

- Non mi somiglia più. È passato il tempo, piccolo mio!

E i paesaggi al mutoscopio, il congegno che vedevo per la prima volta, Londra, Parigi, le cascate del Niagara, la Neva gelata coi pattinatori, le Piramidi coi cammelli e coi beduini.

- E tu ci sei stata proprio dentro, alle Piramidi?

- Sicuro.

- E i mori non t'han fatto niente?

- Niente, ero con il loro Re.

- Il Faraone?

- No, quello d'adesso, che si chiama il Kedivè.

- E questo gran teatro?

- È il teatro Palmira, di Vienna, che porta il mio nome.

- Ma perchè?

- Perchè così ha voluto l'Imperatore.

- E tu hai ballato davanti a lui?

- Sicuro.

- E ti ha parlato?

- Sicuro. Sono stata anche a tavola con lui.

- Oh! E non avevi vergogna?

- Ma nessuna vergogna, piccolo mio!

Palmira Zacchi rideva. Ma il più delle volte parlava seria, come ad un ometto, dandomi ragguagli minuti su tutto e su tutti; e a me piaceva quel tono di considerazione da eguale a eguale.

Rispondeva diffusamente ad ogni mio perchè, quasi godesse d'insistere nei ricordi. E quali e quanti ricordi! Le regioni più favolose, le figure più leggendarie, tutto il mondo si profilava per me, dietro quella testa mal tinta.

Erano presenti ai nostri colloqui un servo in livrea, che sembrava tolto da un armadio, e una vecchia cameriera milanese: la fida Ortensia, che aveva seguito la Diva in tutta la sua carriera luminosa e la consolava ora nel suo raccoglimento troppo signorile di vedova blasonata: la fida Ortensia che si permetteva di consigliare la sua padrona, di contraddirla sovente, di leticare qualche volta affettuosamente con lei, in purissimo dialetto milanese. La giornata mi volava. Dormivo nella camera immensa della Baronessa. Avevano fatto scendere dai soppalchi, appositamente per me, un lettuccio a dondolo, in ferro, memoria di una nipotina del Barone, morta a dieci anni. Cameriera e padrona andavano a gara a spogliarmi, scherzando, ridendo del mio cicaleccio. Poi, già sotto le coltri, mi facevo ripetere dalla Baronessa le cose che più m'avevano colpito. Una certa corsa disperata, in troika, attraverso una foresta d'abeti, sotto la neve che aveva fatto perdere ogni traccia e l'ululo dei lupi sempre più vicini, la storia d'un nubifragio sulle coste del Marocco, di notte, dove la ballerina aveva dovuto camminare fino all'alba per una landa selvaggia, la storia d'un incendio in un teatro di Nizza, dove tutti erano morti e la mia amica si era salvata gettandosi dai tetti in un lungo tubo di tela miracoloso; tutta una serie di episodi che sentivo il bisogno di farmi ripetere fino alla sazietà. E la ballerina raccontava, raccontava infaticabile, spogliandosi. Poi, quando Ortensia ultimava la sua trasformazione notturna, si volgeva verso di me per assicurarsi che non la guardassi. Ed io la guardavo quasi sempre:

- Adesso volgiti, caro, che l'angiolino piange.

Io mi volgevo. Ma qualche volta no e l'angiolino piangeva: non tanto, credo, sul mio candore offuscato, quanto sulla caducità irrimediabile d'ogni terrena opulenza.

***

- A Vienna ho una villa dieci volte più bella di questa, con un giardino che non finisce più e un'uccelliera grande come una casa e un fiume che passa in fondo al giardino e che si chiama il Danubio. Si ride, si va in barca tutto il giorno... Ma i cattivi...

- Ma i cattivi... - incalzavo io, lasciando di mangiare per la curiosità.

- I cattivi gliela vogliono prendere, - proseguiva la fida Ortensia, sdegnata, - ma anche a Vienna ci sono dei bravi avvocati.

- Taci, vecchia mia, - sospirava la Baronessa.

Ed io la guardavo e il mistero s'addensava più folto dietro quel profilo stanco.

Tutto era misterioso, quasi pauroso per me, anche le lettere che giungevano dalla Francia, dalla Russia, dall'Austria: quest'ultime a caratteri alti ed aguzzi, con un francobollo effigiante un vecchio signore dalle fedine.

- È il signore della porticina?

- Proprio lui!

Serva e padrona si guardavano, con un sorriso d'intesa. Io allora volevo rivedere per la centesima volta la porticina. La quale era un trittico di cuoio a sbalzo, di stile gotico, che si chiudeva a chiave. Nel mezzo, in miniatura, stava un signore dalle fedine biondissime e dagli occhi azzurri - il signore dei francobolli - e a sinistra una dedica, a destra una rosa stinta, sotto il cristallo.

- Adesso basta, - sussurrava la Baronessa con tono di mistero pauroso; e mi prendeva il cuoio dal-le mani, lo chiudeva accuratamente, lo riponeva con un sospiro profondo.

***

Una sera, mentre si era a tavola, arrivò un lungo telegramma.

La Baronessa ebbe tale gesto e tale espressione che Ortensia posò la zuppiera e si portò dietro le spalle della padrona, a leggere tranquillamente.

- Signora, che succede mai?

- Il maresciallo col suo segretario. Saranno qui tra due ore. Ripartiranno subito; bisogna mandare il landau alla stazione.

21

- Ma che succede mai?

- Niente; certo per la pensione.

- Signora, le raccomando, non desista!

- Cara mia, con i tempi che corrono, cinquecentomila in contanti mi fanno più comodo che venti-mila d'assegno.

- Pensi a quello che fa!

- Ci penso, non temere. Fa che tutta la casa sia in ordine. Fiorenzo metta la livrea.

- E lei come si veste?

- Già, come mi vesto? Infagottata in questo crespo odioso, no. Metti fuori la tunica di Tisbe, quel-la viola, con i sandali viola; mi sta bene ed è a lutto lo stesso.

Quella sera fui messo a letto prima dell'ora, in gran fretta.

Non parlai, non protestai. Capivo vagamente che qualche cosa di grave stava per accadere nella notte. La notte era fatta più tragica da un violento uragano estivo. Solo, raggomitolato nel lettuccio, vedevo il buio illuminarsi a tratti al riverbero dei lampi. Sentivo lo scoscio della pioggia furibonda contro i vetri e il rombo strepitoso del tuono e la casa scossa alle fondamenta.

Tremavo, avevo la ferma certezza che nella notte sarebbe giunto l'uomo della porticina, l'uomo ef-figiato sui francobolli sconosciuti. Poi tutto si fece queto: m'addormentai, udii più tardi, in sogno, la sonagliera e lo scalpitìo dei cavalli. Poi silenzio profondo. Quando mi svegliai era notte alta; attra-verso le sale aperte, attraverso lo scalone sonoro, giungeva chiara, sillabata la voce della Baronessa, alternata con un'altra voce rauca, con una terza voce stridula.

Balzai a sedere sul letto, col respiro mozzo dallo spavento e da una curiosità più forte dello spa-vento. Attraversai tre stanze, in camiciola, a piedi nudi, scesi il primo ramo dello scalone; i denti mi battevano pel freddo del marmo e per la voluttà del rischio; giunto al limite della zona in ombra, mi protesi tra due balaustri della scala. Di là vedevo, attraverso la grande vetrata aperta, la Baronessa seduta e i due signori alzati, già in atto d'accomiatarsi. L'uno bruno, dalla barba aguzza, l'altro picco-lo e tozzo. Non c'era il signore effigiato sui francobolli e ne fui deluso. Parlavano una lingua aspra e sconosciuta, ma capivo che dovevano dire alla Baronessa cose non liete, perchè la mia amica scuote-va il capo con un sogghigno amaro. Poi ci fu un lungo silenzio, essa si alzò, i due s'inchinarono, usci-rono dalla gran porta di fondo che si chiuse lentamente. La Baronessa fu sola in mezzo alla sala, si portò le mani alle tempie con gesto disperato, s'abbandonò ancora sulla poltrona; poi, chinandosi con un gesto di rabbia, si tolse i sandali gridellini, li scagliò l'uno dopo l'altro contro la porta, alle spalle dei due visitatori scomparsi.

***

Raggiunsi il mio letto con il cuore in tumulto. Quando, pochi minuti dopo, la stanza s'illuminò ed entrarono la Baronessa e la cameriera, io fingevo di dormire.

- Signora! Signora, mi dica subito, per carità, la pensione, la pensione?

- Che cosa vuoi che m'importi della pensione? Voi gente venale non pensate che a questo!

22

- Non s'offenda, signora, mi tolga di pena.

- La pensione? Ebbene ho rinunciato alla pensione.

- Per cinquecentomila?

- Per trecentomila.

- Vergine Santa! Ma lei sa che non bastano nemmeno a riscattare la villa di Vienna!

- Per me il denaro non conta. - E la Baronessa cominciò a singhiozzare forte, china sulla proda del letto.

- Tu non puoi capire. C'è l'onore prima di tutto, il puntiglio d'onore, per una donna come me! So-no bandita, capisci, bandita! Io: Palmira Zacchi, Baronessa Altari, bandita come una sgualdrina!

- Ma non capisco! Mi parli, mi dica.

- Sì, sì! Me l'han fatto firmare di mio pugno! Bandita per sempre, tempo tre mesi.

- Ma in tre mesi non potrà assestare le cose di Vienna! Dovrà rendere la villa per un tozzo di pane; la strozzeranno!

- Mi strozzeranno, dici bene, m'hanno rovinata, mi hanno finita!

Serva e padrona vociferavano, singhiozzavano senza più ricordarsi di me, che vegliavo. E il mio terrore crebbe a tal segno che balzai sul letto, invocando aiuto.

- Taci, vecchia mia; facciamo morire il piccolo di spavento.

La Baronessa mi prese tra le braccia, mi cullò passeggiando per la stanza - non a passo di danza, questa volta! - baciandomi e inondandomi i capelli di lacrime, poi si sedette sul divano, mentre la fida Ortensia, in piedi, ci guardava costernata; e si piangeva tutti e tre di un pianto diverso.

- Ma che cosa - proruppi quando il singhiozzo mi ridiede il respiro. - Ma che cosa... t'han fatto?

- Tanto male, piccolo mio!

- L'uomo dalla porticina?

- No, non lui; lui non ne può niente...

- Ma non piangere così, - protestai, vedendo quel volto convulso, rigato di pianto continuo. - Per-chè piangi tanto? Che cos'hai?

- Ho che gli uomini sono tanti delinquenti.

Palmira Zacchi singhiozzò ancora a lungo, nei miei capelli, e conchiuse con una voce di mortale stanchezza:

- Col tempo, piccolo mio, ti farai un delinquente anche tu.

***

E fu l'ultimo ricordo nitido di lei.

Palmira Zacchi non ritornò in Canavese nè l'estate dopo, nè poi.

La villa fu venduta e la figura della Baronessa dileguò senza traccia e senza rimpianto. Il mondo si chiude con una rapidità inesorabile sul naufragio della bellezza e della rinomanza.

Si seppe che aveva fondata a Parigi una scuola di ballo, ma senza fortuna, poi una a Milano con qualche successo, tanto da poter vivere.

Lessi, anni or sono, l'articolo d'una rivista: "Come si preparano le Silfidi della Scala". E v'erano interessanti fotografie di danzatrici adolescenti, capitanate da una vecchietta rigida, che scopriva l'abito di seta nera, mostrando a modello le gambo stecchite, una vecchietta dalla scarsa canizie e dal volto scolpito nel legno.

- È proprio lei! Palmira Zacchi, la ricordi? - esclamò mia madre, con sorpresa affettuosa. - Povera creatura!

Poi fu ancora il silenzio, per anni, e l'oblio assoluto.

E l'altro giorno ho letto su un grande quotidiano la colonna di amabile prosa funeraria che la moda consacra agli scomparsi: "La morte di Palmira Zacchi". Tutto era detto e profilato senza reticenze: le sue origini, plebee - figlia d'un fiaccheraio, mi pare, - e le sue prime lezioni a furia, di sferzate sulle gambine non ancora decenni e poi l'attitudine, la bravura crescente, la rivelazione, la fortuna strepitosa. E non erano taciuti i nomi grandi che servirono da aureola alla Diva: da Cavour a Radetzky, da Garibaldi a Francesco Giuseppe e la lunga permanenza a Vienna dell'austriacante e il suo fasto radioso nell'aureola imperiale. Poi le giuste nozze col barone Altari, il crepuscolo, la scuola di Parigi, la scuola della Scala, la miseria, la malattia, l'Ospizio (nemmeno l'Ospizio è mancato, a far più completa l'istoria e più classica la parabola), il ricovero dove, sotto il robone bigio dalla targa di metallo nume-rato, la più che ottuagenaria si dev'essere spenta in una specie d'allucinazione demente.

Ora la creatura di bellezza e di follia è divinamente bella e divinamente felice perchè non è più. Il non essere l'ha ritornata all'eterna giovinezza.

Ma io penso alle ore di lei che conosco e che nessuno conosce e che m'appartengono come doni fatti da lei sola a me solo.

E penso all'uomo dalla porticina, alla figura romantica di giovine biondo-cerulo. E penso con un brivido d'infinita pietà che quell'uomo vive.

Vive, il centenario! Si muove il povero scheletro, la povera maschera ridotta ad un teschio tra le fedine d'argento, con incastonate nelle orbite cave due turchesi stinte!

E se io potessi varcare la soglia di una reggia, salire i gradini di un trono, sillabare a quella reliquia umana, a voce alta, più volte: - Palmira! Palmira Zacchi! - vedrei forse la calvizie di vecchio avorio sollevarsi e le iridi pallide animarsi per un attimo, debolmente, d'un riflesso remotissimo: il riflesso della giovinezza, l'unica cosa che valga, la bellezza sola, spenta la quale nulla c'è di buono per l'anima in attesa del sonno senza risveglio.

La felicità è veramente come una veste, come un gioiello - pensò Claudio Soranzi. - Non vale se non in quanto la si può esibire all'ammirazione ed all'invidia dei nostro prossimo.

Appoggiato alla finestra della sala di lettura con lo scenario del mare alle spalle, guardava la moglie silenziosa, intenta a spedire cartoline a dozzine, cartoline fotografiche effigianti la loro luna di miele in tutti i luoghi più lieti dell'obbligatorio pellegrinaggio: dalla piazza San Marco con i piccioni svolazzanti intorno agli sposi sorridenti, al Portofino-Vetta, dove la snella figura di Nada si disegnava investita, isnellita dal vento marino.

- E ora a te.

Nada passava al marito le cartoline, ad una ad una, ed egli sottoscriveva i saluti e gli abbracci per amici e parenti d'Europa e d'America, la più parte non conosciuti mai.

- Ottantatrè! - esclamò con un sospiro di sollievo all'ultima cartolina.

- Per oggi potrà bastare, - consentì la moglie, meditando il libretto dei nomi con la gravità d'una rubrica commerciale. - A domani il seguito.

- E allora scendiamo? Scrivi da due ore!

- Desolata! Ma ne avrò per altre due: ho sette lettere, indispensabili.

Claudio sorrise, si chinò a baciare la chioma biondissima.

- Allora ti lascio ad informare l'universo e scendo a passeggiare.

Nada assentì col capo, già assorta nel preludio d'una descrizione rosea, per un'amica d'oltremare. Erano le sole ore che Claudio avesse libere, quelle della corrispondenza della moglie; scese, attraversò il parco dell'albergo, seguì la strada lungo il mare, solo con se stesso. Mai come in quell'ora potè misurare col raffronto dei ricordi la sua piena felicità. Aveva lasciato l'Italia otto anni prima, subito dopo la morte della madre; era partito sfiduciato, quasi povero, senza più legami d'affetto. Ritornava quasi ricco, pieno di speranze, adorato da una sposa che adorava: una piccola italiana dell'Argentina: svelta, aggraziata, vivace come una polledra delle sue praterie, innamorata della Patria che vedeva per la prima volta.

Claudio era felice. Non sentiva il bisogno di gridarlo alle persone lontane, come la moglie: gli bastava dirlo alle cose che riconosceva intorno. Aveva abitato quei paesetto ridente della Liguria dieci anni prima, un anno intero, con sua madre già sofferente, ed ora, seguendo la strada tra il colle ed il mare, si stupiva di riconoscere certi particolari minimi del paesaggio: uno scoglio dal profilo umano, un pino proteso in atteggiamento disperato, la curva ondosa d'un oliveto grigio, sul quale spiccavano in fila, come lacrime nere, i sette cipressi centenari detti "i sette compari", un tabaccaio con la stessa insegna dalla stessa odalisca: le ville ed i giardini, le pietre e le piante, il cielo ed il mare: tutto era immutato.

E Claudio si sentiva così giovane, non ancora trentenne, e felice, felice fino alla sofferenza, nel mattino radioso di settembre. Camminò lungo il mare fin dove finivano le ultime case di Sant'Erasmo e cominciavano le prime di Sesto. E allora anche Claudio sentì il bisogno di dire a qualcuno la propria felicità. Sollevò gli sguardi istintivamente, come ad un richiamo, e riconobbe a mezza costa, mal celate dal verde, le ogive sottili della Villa Candiani.

La figura della giovane vedova gli balenò nel ricordo, quale l'aveva vista l'ultima volta, otto anni prima: tutta vestita di rosso secondo la moda di quel momento e a rivendicazione delle gramaglie smesse da poco, tutta vestita di rosso a contrasto magnifico dell'immensa chioma nera e lustra, degli occhi nerissimi, oblunghi nel volto sempre più gaio, dal sorriso aperto di continuo sui denti splendidi.

Si chiamava Costanza: poteva chiamarsi Gaiezza.

Claudio ne riudiva la voce, il riso trillante, tutto suo, la rivedeva appoggiata al tronco d'un palmi-zio, attirandosi vicina la figlia, una bimbetta pensosa, quasi a farsene scudo, nella coorte dei troppi ammiratori.

Ma non era, per Claudio, un ricordo galante: non era nemmeno un ricordo sentimentale. Claudio era un ragazzo poco più che ventenne, e veniva tra gli ultimi degli assidui a Villa Candiani, accolto tuttavia dalla signora con una gaia benevolenza, perchè sapeva suonare e danzare e animare una sera-ta, una recita, una gita con giovanile disinvoltura. Costanza Candiani civettava con lui come con gli altri; era un'anima volubile, tormentata dalla noia, e questo occupata di continuo ad intessere di nuo-ve distrazioni la sua vedovanza. Gli ospiti di Villa Candiani dovevano tutti collaborare allo svago; poche donne, quindi, molti uomini e quasi tutti giovani. Non aveva amanti: ne convenivano anche le amiche più feroci. Spensierata, leggera, civetta fino all'indecenza. Ma non aveva amanti. Aveva un fidanzato, il conte Zeni, di qualche anno, dicevano, più giovane di lei, che faceva di quando in quando un'apparizione. Quando Claudio era stato a Villa Candiani l'ultima volta, la signora gli aveva appunto presentato il conte, lasciando capire apertamente l'imminenza delle seconde nozze. E aveva salutato il giovane senza più civetteria, con uno schietto augurio di buona fortuna ed un accento, af-fettuoso, quasi materno. Claudio era uscito dalla villa, per l'ultima volta, e aveva considerato quel nido elegante, immerso nel folto degli aranci e dei palmeti, e quegli ospiti fortunati: la snella figura femminile e lo sposo prescelto e la bimba che correva garrendo, aveva considerato quel quadro di fe-licità irraggiungibile che gli aveva fatto pesare più ancora il suo destino oscuro e l'esilio senza mèta, forse senza ritorno.

Ritornava, invece, oggi, ed era felice. Si compiacque all'idea di rivedere la gaia signora d'un tem-po, di offrirle lo spettacolo della sua felicità, di dirle grazie del buon augurio. Le avrebbe fatto una breve visita quel mattino; e nel pomeriggio o all'indomani le avrebbe presentata la sposa; immaginò la moglie biondissima e la bella signora bruna lungo il sentiero, tra gli ulivi e gli eucalipti. Sarebbe stata un'amicizia improvvisa, una dolce distrazione per Nada, in quei pochi giorni di sosta nel paese riden-te. Affrettò il passo, giunse quasi senz'avvedersi a Villa Costanza: il nome splendeva sempre sul marmo immutato.

Spinse il cancello socchiuso, come un tempo, senza suonare, avanzò sotto gli aranci verso la ro-tonda: un chiosco di caprifoglio che circondava il tronco d'un palmizio, dove per solito s'adunavano gli ospiti. E un ospite già attendeva, una signora attempata, dalla canizie scintillante come l'argento sullo sfondo verde, ai raggi del sole obliquo. Claudio avanzò incerto, contrariato d'essere preceduto: avrebbe preferito quel primo colloquio senza testimoni venerabili. La signora si volse, lo considerò un attimo, s'alzò a mani tese.

Ma solo quando gli fu vicino e dopo qualche secondo, Claudio riconobbe quegli occhi e quel sor-riso. Trasalì, volle dissimulare il suo sbigottimento, invano.

- Signora! Mi riconosce? Mi riconosce?

- Subito l'ho riconosciuto! È lei, caro Soranzi, che non mi riconosce più! Ed è così poco cavaliere da lasciarmelo capire!

Claudio s'imbalbettava.

- Non si confonda! Segga. Non si confonda, è scusato! Lei è un giovanotto sempre! Ma segga, la prego.

Claudio sedette, le due mani prese dalle due mani della signora che tremavano d'una schietta ef-fusione. Egli non trovava nemmeno le poche parole di menzogna adulatrice che la pietà suggerisce ad ogni uomo per ogni donna che invecchia. Ma come si poteva sfiorire, in otto anni, a tal segno? Di tutta la grazia spensierata d'un tempo, di tutta la bruna avvenenza più nulla restava che il sorriso e gli occhi profondi, irriconoscibili pur quelli, nell'ovale emaciato tra i capelli quasi candidi, troppo sem-plici, troppo raccolti.

Era il tramonto completo, precipitato non dagli anni soltanto, ma dal tormento interiore, dall'ab-dicazione volontaria.

- Caro, caro Soranzi! Quante belle cose mi ricorda lei! - incalzava la signora, sempre stringendogli le mani, tentando di ritrovare il suo sorriso ed il suo riso leggero, irriconoscibile ormai, nota pallida sulla corda allentata dal dolore e dagli anni.

- Tutto il mio tempo migliore! Che festa se Santina...

- E Santina?

- Sposata, da due anni, all'avvocato Gribaudi.

- Nonna?

- Di un pupo adorabile.

La signora accennò al servo, che serviva un rinfresco.

Il servo rientrò, ricomparve con una fotografia d'un piccino tutto nudo, tutto bianco sul velluto nero. Soranzi sentì che il servo aveva detto "signora contessa" ed il nome di Zeni, del conte Zeni gli venne alle labbra, mentre osservava la fotografia. Contessa Zeni dunque? Ma tacque. Capì che in quel nome era la tragedia di quella vita. "Contessa Costanza Zeni": lesse sulla fascia d'una rivista abbandonata sul marmo, e decise di non parlare se la signora non parlava.

La signora non parlò che del nipotino.

- Adorabile, non è vero? La mia pena è di averli così lontani. Palermo.

- Perchè non convive con loro? - fu per domandare Claudio, ma tacque, prudente; e fu bene, perchè la signora disse subito:

- Li ho visti l'ultima volta a Pasqua, pensate! Li rivedrò a Natale. I Gribaudi sono palermitani, in tutta l'espressione. Famiglia patriarcale, bigotta, pedantissima. Ottima gente, m'accolgono con tutta cordialità, ma... alla larga. Lei conosce il mio carattere, caro Soranzi...

- Santina le vuol molto bene!

- Molto. Ma il bene delle figlie sposate per le mamme lontane. Una decima parte di quello che noi si porta loro...

Ancora una volta Claudio non trovò parola.

- Contessa...

- Ah! non mi chiami contessa per carità; almeno lei!...

E Claudio rinunciò a parlare di Zeni, e s'accorse di non saper come annunciare alla signora la notizia, delle sue nozze felici: ora più che mai il momento non era propizio, ed il raffronto doloroso, e l'argomento indelicato da parte sua.

- Ah! caro Soranzi! il tramonto non pesa. Pesa la solitudine.

- Ma gli amici...

- Quasi tutti dispersi, come lei... E i pochi superstiti vengono ben di rado. Non attira la casa dove non si ride più. - Le ripeto, la vecchiaia non pesa...

- Ma non parli di vecchiaia alla sua età! - protestò Claudio schiettamente. Sapeva per calcolo certo, per confidenze del tempo andato, che la signora era poco più che quarantenne. - Non parli di vecchiaia a quarant'anni!

La donna ebbe uno sguardo pieno di tristezza e di ironia:

- Povero Soranzi, lei calcola sulle mie confidenze d'allora. A lei, come a tutti, ho sempre confessato... sette anni di meno!

E si ripagò dell'umiltà di quella confessione, la più dolorosa per una donna, con l'imbarazzo buffo del giovane amico.

- Gli anni non contano, - protestò Claudio, - e se non fosse questa canizie precoce...

- Precoce? Ero canuta a venticinque anni! Mi sono tinta sempre, fino a tre anni or sono...

Ebbe un sogghigno crudele che le si fissò sulle labbra, sino alla fine.

Claudio s'alzò, e s'accorse che per la terza volta stava per darle notizia della sua felicità e della sposa che voleva presentarle; ma che una timidità, un pudore lo tratteneva, e non sapeva quale. Forse il pudore del fortunato che non osa ostentare la bella veste di fronte al mendico. Volle parlare. Ma pensò che era tardi, che non poteva dare la notizia dopo un'ora, a visita finita, e che sarebbe stato più buffo che mai.

- Se ne va? L'accompagno un tratto verso Sant'Erasmo...

La signora l'accompagnò lungo il declivio. Claudio paventava l'avvicinarsi all'albergo. Ma a mezzo il colle la sua ansia ebbe fine:

- È tardi. La lascio, caro Soranzi. Le son tanto grata della visita. E la rinnovi qualche volta. Farà una carità evangelica. Si ferma a Sesto qualche giorno?

- Sì. Veramente no. Ma devo premettere...

- Premettere che cosa?

Claudio trovò una frase qualunque:

- Premettere che scenderò a Sesto soltanto per lei.

La signora s'allontanò con un sorriso triste, e lo minacciò con la mano, incredula e pur riconoscente.

E Claudio scese correndo, inquieto, scontento di se stesso. Ancora una volta gli era mancato il coraggio dell'annunzio troppo tardivo.

Giunse a Sesto, deciso di lasciare il paese quel giorno stesso, per non esporsi all'incontro ormai inconciliabile delle due donne.

Trovò la moglie che usciva dall'albergo.

- Ti venivo incontro. Andavo alla Posta.

E sollevò un fascio di cartoline e di lettere.

- La mia piccola grafomane! - e Claudio prese il fascio, lo soppesò nella mano sorridendo.

- Mah! E tutto questo perchè il mondo seppia che siamo felici?

- Sì. Perchè il mondo sappia che siamo felici...

- I miei bagagli! I miei bagagli!

Perduti! Perdute le nove casse di zinco sulle quali avevo disegnato di mia mano una fascia tricolore per distinguerle nel caos delle stazioni e dei porti, perdute le pelli di tigre, di pantera, di pitone, le spoglie di paradisee: ottocento paradisee della Nuova Guinea: un capitale! E gli astucci e i baratto-li degli insetti rari, tutto il bottino di un anno di fatica e di esilio: perduto!

Ah! quella stazione di Lambahadam, sepolta sotto il verde dei cocchi, nell'estremo Industan meridionale! Credevo di impazzire. E doversi esprimere, dover leticare e smaniare in una lingua non nostra, con uno chef-station indigeno, un Cristo di bronzo in divisa gallonata, che per consolarmi mi citava il caso di altri preziosissimi bagagli perduti in quell'intreccio di linee telegrafiche che chiude come in una rete tutta la penisola; una penisola vasta trenta volte l'Italia.

Maledetta l'ora che ho deciso di ritornare in patria attraversando in ferrovia tutto l'Industan! A quest'ora navigherei nella calma cerula dell'Oceano Indiano, resupino su una sedia a sdraio, la sigaretta in bocca, l'ultima bricconata di Weber tra le mani, in attesa della campana di colazione; e le mie casse dormirebbero ben custodite nella stiva profonda. Maledizione!

Il mio compagno di viaggio, un francese, un agente consolare incontrato a Madura, non osava più consolarmi con lo scherzo: ripeteva macchinalmente:

- C'est rigolo, c'est rigolo...

Ma ecco giungere di corsa il boy mandato al Post-Office per i telegrammi; ci portava la posta: lettere e giornali rimbalzati da venti stazioni: notizie non liete dall'Italia: una lettera di mia madre angustiata dai soprusi di un vecchio prozio, un prete genovese, cancro e tiranno della nostra famiglia da tempo immemorabile; tre numeri d'una massima rassegna letteraria italiana. Apro, leggo il nome più velenoso ch'io mi conosca: Tito Vinadio, sotto venti pagine che riguardano un mio ultimo libro scritto con tutto l'amore e tutto il sacrificio di sei anni di giovinezza; dirà certo cose poco gaie per me. Ma no, non è possibile! Non è una recensione: è una serie di contumelie ridanciane, di arguzie alla Guerin Meschino, di indagini personali, in uno stile che sembra la collaborazione di uno scrivano pubblico ubriaco e d'una maestra zitella fegatosa. E questo sulla rivista massima, sull'organo ufficiale della letteratura italiana! Delizie che in patria dànno cinque minuti di malumore e non altro. Ma là, in fondo all'India idolatra, in quella Refreshment-room d'una stazione barbara, con l'animo già spezzato da un'angoscia mortale, il colpo basso mi dà la nausea e un livore ingiusto contro tutta la mia patria, e mi evoca la figura del letteratoide romano, biondiccia come un tedesco, petulante, loquace, stridulo, strano sosia di Camillo Cavour nelle caricature del Teja.

M'alzo con violenza. Che strano! Non soffro più: l'angoscia e l'odio si sono neutralizzati a vicenda cancellando improvvisamente ogni sofferenza:

- Quante ore abbiamo per visitare i templi di Lambahadam? Benissimo. Andiamo.

***

Fuori, che attendevano i passeggeri, tre mezzi di trasporto: le carozzelle con zebu, il bue indiano gobbuto, dalle lunghe corna ritorte, ripiegate sul dorso e dipinte a cerchi rossi e azzurri; i rickshaws, le vetturette di lacca e di bambù trainate a tutta corsa dagli indigeni ignudi; gli elefanti dalle alte torricelle a otto posti, elefanti centenari, grinzosi come otri, dipinti anch'essi a vivi colori come vecchi cuoi e gualdrappati di sete, di velluti logori e stinti. Nessun europeo: intorno è tutta una folla indigena: nudità di bronzo, bagliore di denti candidi, occhi già troppo grandi, fatti più tenebrosi ed immensi dal bistro con un'arte sconosciuta alle nostre più raffinate mondane, giovinette svelte con non altra veste che una catenella appesa alle reni e un cuore di metallo oscillante, molto incertamente, sul luogo che dovrebbe coprire.

La città, case bianche o rosee ad un piano, è linda e gaia, sepolta nel tremolìo verde dei cocchi e dei banani. I tetti sono coronati da lunghe striscie nere di corvi, o verdi di pappagalli, e da infinite code di scimmie convenute a concistoro mattutino. La nostra cavalcatura ci mette all'altezza delle finestre e vediamo nell'interno una donna che si pettina, una madre che sgrida il bambino, un mercante che conta moneta, un'immagine di Vichnou, una statuetta di Siva dalle venti braccia o di Ganesa dalla testa elefantina. E dalle finestre, uomini, donne, bambini, s'inchinano sorridendo con le due mani alla fronte in saluto indiano.

- I miei bagagli! I miei bagagli!

La memoria, assopita, distratta per poco dallo spettacolo nuovo, si ridesta con un sussulto dolorosissimo.

Siamo al completo nella torricella, noi due e sei indigeni, pellegrini anch'essi verso il tempio della Nuvola.

Ed ecco il tempio.

Si dimentica tutto. Sopra il mare ondeggiante dei cocchi verdi, contro il cielo turchese, s'innalza la mole titanica tutta d'oro, terrazzi, guglie, cuspidi, scalee sovrapposte in un ammasso babelico che supera, confonde ogni legge di gravità, ogni concetto architettonico della proporzione e della linea; una cosa alta forse tre volte la gran piramide, una cosa che non può essere opera d'uomo.

Non è opera d'uomo. È un macigno caduto dal cielo nel piano infinito dell'Industan, per una stranezza geologica dei cataclismi primitivi. Quando Vichnou ebbe creata la terra, si trovò fra le dita l'avanzo dell'opera sua, l'arrotolò, lo gettò a caso nel vuoto, lo mandò a cadere sul piano di Lambahadam, ove formò un blocco dominante di quattrocento metri sul mare di verzura. Gli uomini, nei millenni, lo lavorarono come si lavora la zanna dell'elefante; la roccia viva è tutta traforata a gallerie, a verande, a scalee; santuarî immensi s'aprono nell'interno, dedicati ai tremila Dei delle mitologie brahamiane; fuochi sacri ardono di continuo da tempo immemorabile; e tutto è rivestito, placcato d'oro vero, poichè da tutta l'India accorrono i fedeli, offrono a piene mani gioielli e monete.

Si sale per le scalee quasi a picco, sculpite a zig-zag nella parete verticale; sotto di noi è l'infinito piano verde, non limitato che dal cerchio cerulo dell'orizzonte, rotto qua e là da altre cuspidi, da altre cupole di templi minori. Intorno è un turbinìo di corvi e di avvoltoi sacri, uno stridìo assordante e ostile. Viene dall'interno, da ogni santuario, un salmodiare selvaggio, un tam-tam rauco, una musica che a volte si fa spaventosa come cento ruggiti, a volte si spegne ronzando come l'agonia d'una libellula.

- I miei bagagli! I miei bagagli!

Si sale sempre. Attraversiamo altre verande, altri corridoi. Brahamini superbi di forme, non vestiti che d'una zona alle reni, ma più nobili, più imponenti di gentiluomini in isparato, c'incontrano, ci seguono con lo sguardo assente, e tutti hanno sulla fronte, disegnato in rosso, il tridente di Vichnou, lo stesso simbolo che fiammeggia sull'architrave delle case, sui tronchi delle palme, sulla testa, degli elefanti e degli zebu. Passando dalla luce abbagliante nei santuarî profondi si resta per alcuni attimi nella notte completa, poi si distinguono le lampade votive, i roghi fiammeggianti dinnanzi alle divinità, il luccichìo dell'oro e delle gemme sulle braccia multiple, sulle tiare, sui seni mostruosi, sulle trombe elefantine. Colonne, arcate monolitiche lavorate come trine, pendono nell'ombra all'infinito e dalle vôlte buie giunge uno squittire continuo, un aliare silenzioso d'immensi lembi di stoffa nera: sono i vampiri-rossetta, i pipistrelli larghi come braccia umane distese, che di giorno pendono a migliaia dalle vôlte tenebrose e a notte si lanciano in razzia di frutti sulle piantagioni.

Riposiamo da forse mezz'ora, nell'ultimo santuario, alla sommità del tempio, seduti nella frescura semibuia, poichè di fuori il sole è già alto e terribile. Gli occhi si sono avvezzi alle tenebre. Vedo intorno le cripte delle divinità; ogni idolo è chiuso in una gabbia di ferro come un felino, e il braciere che arde dinnanzi, anima con il riverbero tremulo e sanguigno i volti spaventosi dei mostri.

- I miei bagagli! I miei bagagli!

Un uomo, un policeman indu ha sentito il mio gemito, m'ha visto con la fronte chiusa tra le mani, s'avvicina, ci interroga premuroso...

- I signori hanno ricevuto qualche torto?

- No, nessun torto - e il mio amico parigino racconta i motivi delle mia desolazione.

Mentre si parla, un brahamino, un vecchio ignudo dalla gran barba candida, si è alzato, si volge al policeman che ci guarda e sorride:

- Signori, l'High-Priest di Aparapandra, il gran sacerdote della dea delle-cose-lontane-dalla-mano, vi propone un voto pei vostri bagagli; la spesa è poca, una rupia, e il risultato certo!

Il policeman si allontana ridendo.

Un voto alla dea delle-cose-lontane-dalla-mano? Ma subito! Dov'è questa signora? Quella? Offro la moneta e mi inchino all'orribile ceffo chiuso in una delle gabbie millenarie. Altri preti ci sono at-torno nell'ombra, incuriositi da quei due impuri riverenti alle loro divinità. Ad uno ad uno s'avanza-no, parlano profferendoci le loro grazie: "Un voto al Dio contro il veleno di cobra? Al Dio contro le disavventure del cammino? Alla Dea della Fecondità? Al Dio contro il malocchio? Alla Dea Thara-ta-Ku-Wha: la Dea-del-nemico-non-più?"

Oimè! che cosa ha fatto la folla del divino tesoro dei Veda! A quale turpe idolatria ha mai ridotto il sublime retaggio filosofico dell'Upanishad, l'essenza dell'Ineffabile, dell'Uno, dell'Assoluto! Un laido mercato dove ogni grazia ha il suo ciurmadore come quei grandi magazzini europei dove spe-ciali commessi presiedono alle merci varie!

- La Dea-del-nemico-non-più? Che cosa significa?

- La morte - rispose il sacerdote, calmo - o altra soppressione di chi vi molesta.

L'immagine di Tito Vinadio mi balenò nella memoria, sogghignò di tra le fedine biondicce alla Camillo Cavour.

Tacevo, ma l'amico parigino gridava entusiasta:

- Mais très bien ça! Ho anch'io almeno una ventina di persone che desidero non più ritrovare in Francia!

Ci avviciniamo al nuovo altare, ridendo forte. Il sacerdote, più decrepito e più sinistro del primo, taglia un rettangolo da una gran foglia di palma-palmira, me la porge con un pennello intinto, facendomi cenno di scrivere.

Scrivo il nome Tito Vinadio e lo getto sulla brace che lo divora crepitando. Subito la mano ossuta mi porge un altro foglio. Un'altra vittima? Io non ho nemici. Chi sopprimere ancora? Ah sì! Don Fulgenzi, tormento della nostra casa. E il nome è scritto e divorato dal fuoco. La mano ossuta mi porge un altro foglio, cerco nelle mie antipatie... Ah, sì, quel detestabile signore dal naso ricurvo: un jettatore certo, dacchè tutte le cose mi andavano a rovescio quando l'incontravo, e l'incontravo sovente in tram, in ferrovia, a teatro. Scrivo: "detestabile innominato dal naso ricurvo".

Un quarto foglio. No! No! Basta. Rido, ma lo scherzo comincia a darmi non so che brivido pau-roso, in quell'ombra, fra quegli idoli sinistri, fra lo stridìo dei vampiri.

Il mio amico parigino invece è implacabile. Scrive e getta sul fuoco, foglio su foglio, dannando al-la Dea tutta la parentela:

- Ma tante Véronique! Mon oncle Alexis! Mon cousin Frédéric! Mon cousin Ciprien! Mon ami Chautel!

Lo afferro, lo trascino all'aperto, nella luce del sole; scendiamo le scale ridendo:

- Combien en avez-vous foutus?

- Tre.

- Seulement? Io mi sono liberato di quattordici persone, tra parenti e colleghi in diplomazia!

A sera - il treno è già molto lontano da Lambahadam - il mio amico è chino all'angolo della tavola del Dining-car e scrive sul rovescio del menu una lista di nomi e di cifre; tace e ride:

- Scusate, ho finito. Ho fatto l'elenco dei soppressi. Non calcolando i vantaggi morali e materiali per la scomparsa di cinque colleghi, io devo trovare in Francia, se la Dea Tharata-Ku-Wha mi esaudi-sce, un'eredità di quattro milioni e settecentomila lire...

***

Nella notte, non più distratto dal paesaggio e dallo scherzo, fui ripreso dall'angoscia dei miei teso-ri perduti. L'insonnia e la disperazione mi tormentarono al ritmo vertiginoso del treno fino all'alba. Dormivo da forse un'ora, quando mi svegliai alle grida gioiose del mio compagno. Si era alla stazione di Kahalla.

- Mon ami! Presto! Uscite!

Balzai fuori. A dieci passi da me, sotto la veranda fiorita, le mie nove casse, accumulate in bella piramide, scintillavano al sole del tropico con i tre colori d'Italia.

Prima le toccai, le palpai a lungo, credendo di sognare, poi abbracciai lo chef-station sbigottito, abbracciai una vecchia indu che fuggì allibita, toccandosi gli amuleti, abbracciai il mio compagno frenetico più di me e cominciammo a girare tenendoci per le mani, congiungendo i piedi a poco a poco, facendo delle nostre due persone un arcolaio vertiginoso.

- Viva la Francia!

- Vive l'Italie!

Lo chef-station ci divise, ci calmò prendendoci alle spalle, forzandoci con dolce violenza a salire in treno; ma io non risalii senza doppia garanzia di vigilanza e previo avviso telegrafico a tutta la li-nea fino a Bombay.

E furono venti giorni di viaggio delizioso con quel parigino sempre gaio.

Ma a Bombay - dovevamo lasciarci quel giorno e imbarcarci per le rispettive patrie su diversi piro-scafi - lo vidi impallidire improvvisamente con una lettera che gli tremava, gli garriva tra le dita con-vulse.

- Ah! les malheureux!

- Ebbene?

- Mes cousins...

- Ebbene!

- ...precipitati dal monoplano di Guastin: ...mio zio impazzito... nessuna speranza!

Allibii. Riudii i tre nomi, rividi l'antro buio dei vampiri e il brahamino dal petto canuto, e la Dea sogghignante di tra le sbarre al riverbero del braciere sanguigno.

Confortai l'amico, l'accompagnai sul battello che levò l'àncora nel pomeriggio. Io m'imbarcavo poco dopo per l'Italia con tutti i miei bagagli, felice.

Ma dieci giorno dopo, ad Aden, mi era consegnata a bordo una lettera di mia madre, che mi die-de un brivido di gelo:

"...dovrei scriverti su carta listata a lutto, ma sarebbe ipocrisia, tu lo sai... Don Fulgenzi è mancato ai vivi tre giorni fa...".

Tremavo. No! No! Ma che Dea! che tempio! che malefizio! Due ragazzi imprudenti precipitano da mille metri, il padre impazzisce, un vecchio maligno cessa di far soffrire: non è tutto placidamente naturale? Tremi? Diventi scemo o teosofo, anche tu? Suonava la campana di pranzo. La luce, i fiori, i cristalli, le belle spalle ignude, la gaiezza degli ufficiali mi ridiedero il senso della realtà. Arrossii e mi schermii. Volli dimenticare. E otto giorni dopo, toccando Genova, avevo tutto dimenticato.

***

Passarono i mesi.

A Venezia, l'autunno scorso, sedevo sul divano centrale della Sala Viennese, un po' per riposarmi, un po' per godere di lontano, ad occhi socchiusi, la bella sirena del Krawetz.

Ma due visitatori vicinissimi alla tela mi toglievano d'un terzo il mio piacere: l'uno, alto e bruno, sorreggeva l'altro, piccolo, curvo, un vecchietto dalla nuca biondiccia. Quello bruno si volse, lo riconobbi, andai verso di lui con espansione affettuosa; era Claudio Girelli, il pittore. Guardai il vecchio: non era un vecchio, era un malato.

- Tu lo conosci, il nostro buon Tito Vinadio.

L'infermo mi diede la sinistra attraverso il braccio dell'altro: - La destl... la destla non gliela posso dale che così...

E ridendo e piangendo si tolse con la sinistra la mano destra che teneva nella tasca, me la porse inerte, pendula come una cosa non sua. Rideva e piangeva. Ma solo una metà dei muscoli facciali obbediva al riso e al pianto; l'altra metà del volto restava immobile o si torceva in un rictus asimme-trico che ricordava certe maschere antiche.

- Questo calo Gilelli, - proseguiva con un sorriso lagrimoso, -mi accompagna all'esposizione, mi accompagna allo stabilimento eletl... eletl...

- Elettroterapico del prof. Gaudenzi - concluse l'altro - il quale guarirà in pochi giorni il nostro buon Vinadio. È tardi, bisogna andare.

Pietosamente Girelli gli sollevò il braccio pendulo, gli rimise la destra in tasca, lo riprese a braccetto sorreggendolo all'ascella. Ma prima di avviarsi guardò me che ero ricaduto sul divano senza parola.

- Non affaticarti in queste stupide sale... Devi essere ancora stanco del viaggio; hai una cera poco buona anche tu.

Impazzisco?

No, non ancora. Impazzirò forse il giorno ch'io sappia la morte certa della mia terza vittima, il signore detestabile dal naso ricurvo. Non l'ho più rivisto. Ma da qualche tempo una cosa terribile avviene. Ho riconosciuto in tram, a teatro, un signore con il quale si accompagnava sovente quell'innominato; e a stento resisto alla tentazione di presentarmi a lui, di chiedergli in bella forma che è mai avvenuto di quel suo amico così e così...

E se allora l'altro mi rispondesse: - Ma non sa nulla? Non sa che è morto un anno fa? - io balzerei dal tram, fuggirei dal teatro, irromperei in questura per rifugiare il mio rimorso, tre volte assassino, sotto il castigo dell'umana giustizia.

Ma sono certo che il buon giudice, dopo aver ascoltata la mia confessione convulsa, considerando che il codice umano non contempla ancora gli omicidi per ex-voto alla Dea Tharata-Ku-Wha, mi consolerebbe con paterne parole, poi, fatto un cenno d'intesa ai due custodi amorevoli, mi farebbe tradurre non al carcere dell'espiazione, ma al frenocomio...

I

Nella cabina tersa di mattonelle a smalto, luminosa di troppe lampadine elettriche dinnanzi allo specchio a tre lastre, io mi rifacevo per la quarta volta, disperatamente, la scriminatura; non c'era verso: i capelli si ribellavano al pettine, deviavano a mezzo del cranio, verso una meta incerta. Oh! rabbia! Oh! disperazione!

E la prima campana era suonata da un pezzo e sul divano attendevano, esanimi, l'abito nero, la camicia abbagliante, le altre spoglie che servono a costrurre un uomo per bene. Cruda legge, che segue i mortali anche nell'alto Oceano Indiano, a tre gradi sopra l'Equatore!

Cruda legge! Ecco la Camicia rigida - quanto più rigida dopo la diurna libertà del pigiama - la camicia nella quale si penetra trattenendo il respiro, umiliati, contriti come una farfalla condannata a rientrare nella sua crisalide (suona la seconda campana!...), ecco il solino che strozza, i bottoni inconciliabili col solino, la cravatta volubile, ribelle come una cosa viva, le bretelle mai allentate o raccor-ciate abbastanza, la giubba che si cosparge nei risvolti di polvere di riso... Poi, con il cuore in tumulto, dover scendere nella sala da pranzo, doversi comporre per i duecento passeggeri, chè tutti si volgono verso il ritardatario, una maschera di calma disinvoltura, dover subire le peregrine arguzie del capitano: "Ecco il nostro caro avvocato ridotto all'estrema bellezza", con un tono che significa "...poteva levigarsi un po' meno e non costringere gli stewards a ripassare due portate per lei...", e dover sorridere come un collegiale riverente; all'estrema bellezza! Veramente le febbri del Malabar mi avevano lasciato un volto scialbo, emaciato, nasuto... Che importa? Ero amato, ero desiderato - direbbe l'eroe russo-napolitano di non so quale pochade - dalla più desiderabile creatura che ospitasse il Sumatra. Non illividiscano i teneri amici d'Italia: saranno rivendicati alla fine della più spaventosa catastrofe che la mia civetteria maschile abbia patito mai...

Avanzo imperterrito. Secondo tavolo, settimo posto. Ma no! Ma sì! Eppure no! Dove è la mia vicina? Dove le belle spalle ambrate che mi servivano di richiamo? Ho vicino un uomo, un prete, no: una donna; nè una donna, nè un uomo: una cosa che ricorda Don Chisciotte, Dante, Fra Gerolamo Savonarola, Pinocchio, la mummia di Ramsete III, il mio amico Golia: una cosa spaventosa!

È femmina, perchè ha un gonnellino e una specie di tegola in testa; è viva, perchè tenta d'avvici-nare la sedia fissa al tavolo, sotto il quale non può inarcare le gambe interminabili; mangia, beve, e la mandibola inferiore raggiunge il naso ricurvo, le fa pulsare le tempie venose, sobbalzare gli occhiali a stanghetta.

Mi rivolgo allo steward, livido.

- Sono sette ladies della Salvation Army: l'esercito della Salvezza. Le abbiamo raccolte stamane da un cattivo veliero scioanese; vengono dalle Missioni dell'Uganda. Il Capitano ha voluto farle ospitare in classe e con tutti gli onori.

- È giusto. Ma i posti, i posti?

- Il Capitano. Disposizione del Capitano.

Guardo intorno. Emergono qua e là sette mostri della stessa specie: l'unica specie che possa affrontare i cannibali più feroci e convincerli che veramente esiste Satanasso...

Rivolgo al Capitano uno sguardo di protesta disperata. Piange - il miserabile! - piange dalle risa e asciuga le lacrime nel tovagliolo: piange e ride... Ma non di me soltanto. Ha date le sei, sette più belle signore a cavalieri più che sessantenni; e al dottor Besandi, a Mr. Knaw, al tenentino Filangeri, a me, agli altri colpevoli di non avere ancora trent'anni, ha destinato le orche raccolte in alto mare...

Vendetta! Vendetta!

Fui vendicato subito. Lady Mac Lewis mi fissava con un abbandono, una tenerezza più temeraria del solito. Confinata all'estremità del terzo tavolo, presso il decrepito monsieur Lebaud, celebre oceanografo, essa teneva il cubito sul tavolo, con una grazia un poco inurbana, si reggeva la nuca con la mano arrovesciando il volto di bronzo chiaro, sogguardandomi di tra le ciglia tenebrose; quando il mio sguardo incrociava il suo, sorrideva malinconicamente, e il bianco degli occhi, il bianco dei denti balenava in un tremolìo di perla.

- Quella donna mi guarda, quella donna è mia! Oh! grande Ferravilla! O mio solo ammonitore nella vita, sempre! La tua voce mi rideva dentro, come un oscuro presentimento... Eppure... eppure come non vedere che quella era una donna disfatta dalla passione e che l'oggetto della sua passione ero io?

La mia conoscenza con i Mac Lewis datava da tre settimane, ma aveva dei precedenti già antichi. Due anni prima, quando dovevo partire per l'India, mi ero rivolto per commendatizie anche a Guido Rocca, l'esploratore del Tibet e del Cachemire. Siamo coetanei ed amicissimi ma non abbiamo in comune che il nome; quel fanciullo bellissimo e sanguigno è un istintivo, che non osserva la vita, la vive: io non vivo la vita, l'osservo: forse per questo io e Guido ci vogliamo un gran bene.

- Se passi per Bombay non dimenticare sir Mac Lewis, un ex-bramino - guàrdati bene dal ricordarglielo! - britannizzato sino alla punta dei capelli. È la persona più generosa e ospitale ch'io abbia incontrata. M'ha ospitato due mesi nel suo bungalow di Sicula, quando mi sono spezzata la gamba. Ha anche una moglie e una bimbetta...

- Com'è la moglie?

- Come vuoi che sia? Sembra una signora delle nostre, un po' nera...

Non m'ero giovato della commendatizia. Il mio itinerario m'aveva portato altrove. Ma ripassando per Bombay, una sera, al Consolato d'Olanda, vidi apparire, all'altra estremità d'una galleria una di quelle donne che mozzano il respiro e la parola, una di quelle bellezze che sembrano fare il vuoto in-torno, sopprimere con un batter delle ciglia tutte le altre signore. Seminuda, come consente la rigidità inglese nei convegni mondani, con i fianchi, i seni appena velati da un tulle laminato d'oro, attraversava la galleria con quel passo armonioso che le donne indiane sembrano aver appreso dai felini delle loro foreste e reggeva nelle mani pretese, con la grazia solenne con la quale avrebbe recato una **lampada** votiva, un semplicissimo gelato di banana. Un gigante fosco - beato lui - gradiva il sorbetto e s'inchinava sorridendo.

- Non è una pura indu. Sua madre era scozzese.

- Ma quel signore, il fortunato signore del sorbetto...

- Suo marito. Si adorano. Ecco un uomo che può giovarvi per i vostri guai con la dogana...

- Avete detto che si chiama?

- Sir Mac Lewis.

- Mac Lewis? Ma io ho una lettera per lui. Presentatemi subito.

Fui accolto con una cordialità che mi diede quasi il disagio, non trovando nel mio carattere freddo parole di adeguata espansione.

La loro gioia non ebbe limite quando seppero che saremmo stati compagni di viaggio sul Sumatra. I Mac Lewis s'imbarcavano per la season europea, com'è consuetudine d'ogni ricca famiglia coloniale. E avrebbero visitato l'Italia.

- Caro, caro Guido! (Guido Rocca) Come sta? Ha battuti altri records? Si ricorda di noi? È di Pergama... - No, di Bergamo. - In Sicilia. - No, in Lombardia...

Il marito parlava entusiasta del mio amico; la signora taceva, assente, già sogguardandomi di tra le brune ciglia tenebrose.

- Dovete volergli molto bene, voi...

- Quasi come a un fratello. Il destino ci ha assegnate vie diverse: non abbiamo nulla da contenderci...

- E dovete essere molto buono.

- Per carità, signora! Badate che la malvagità dei "più buoni" è incredibile, la falsità dei "più sinceri" spaventosa...

- In questo siete imperdonabile: - interruppe il marito, - avete una lettera per noi, siete in India da un anno e non venite a trovarci!

- Il destino vi punisce invertendo le parti: farete in Italia, per noi, ciò che avremmo fatto in India per voi...

- Avete già un programma?

- L'abbiamo, - disse la signora offrendomi una sigaretta. - Sbarcheremo a Genova il 20 gennaio, non è vero? Mio marito proseguirà direttamente per Londra ad accompagnare Sue in collegio. Io baby, l'aya cominceremo a visitare il Piemonte, la Lombardia... A febbraio mio marito...

- Perdonate, signora; ma spezzo, capovolgo il vostro itinerario fin dall'inizio: non potrebbe essere più micidiale. Il Piemonte, la Lombardia a gennaio? Ma non sapete che a quest'ora, nel mio paese, il freddo è tale che gela il respiro e frangia di brina le ciglia delle signore? Tremerei per voi e pel vostro piccolo come per questi fiori. Vi consiglio l'inverno in Sicilia e a Napoli, la primavera a Roma e a Firenze, la prima estate in Umbria, la grande estate sulle Alpi, l'autunno a Venezia. Assolutamente la mia Patria dev'essere visitata così...

Entravano i bimbi pel bacio serale; Sue, una ragazzina dodicenne, precoce, smilza, fosca come i genitori, e baby, un piccolo di non ancora due anni, così divinamente biondo e cerulo che io non potei nascondere la mia sorpresa.

- È il nostro scozzese; il ritratto di sua nonna, mia madre...

Lady Mac Lewis sillabava, per gioco, qualche parola italiana.

- Ma brava! Ha un ottimo accento! .

- Lo studia da un anno, - interruppe il marito, - da che abbiamo il progetto di visitare l'Italia.

- Dica, dica ancora!

- Non-so-dire. Dico "vo-glio-be-re". "Vo-glio-man-giare" ma non saprò mai dire le cose... dentro... la metà...

- Le cose?

- Sì - proruppe in inglese, ridendo - le sfumature, le altre cose, più necessarie dell'acqua e del pa-ne; le più piccole cose, che sono qualche volta le più grandi...

Nella settimana passata a Bombay, nei dieci giorni di navigazione sul Sumatra, la simpatia di lady Mac Lewis per me si rivelò sempre più forte. Non era civetteria. La civetteria gioca, ride, sorride. Lady Mac Lewis aveva un volto tragico di passione e quando l'incontravo sul ponte, nelle sale, s'arrestava ansimando, impallidiva, lodava il cielo, il mare, una cosa qualunque. Dieci volte al giorno, nelle ore di quieta intimità, sulle sedie a sdraio, vedevo disegnarsi sulla bella bocca una frase certo tenerissima, poi le ciglia si chinavano imperiose, le labbra facevano l'atto di inghiottire la cosa non detta. La divina creatura taceva. Tacevo anch'io, consigliato dall'ironia vigilante, ammonito da non so che oscuro presentimento che turbava la mia civetteria lusingata.

Il Capitano s'alza. Simultaneamente - come duecento fantocci a molla - signori e signore sono in piedi. Tutti dileguano per le scale in un attimo. Sul ponte è un clamore di meraviglia.

Da tre giorni navighiamo in un mare fosforescente, ma questa sera l'oceano s'infiamma. È il novilunio: il cielo è nero, senza una stella; tutte le stelle dell'universo si sono fuse nel mare, commiste ad un tritume di gemme: smeraldi, zaffiri, rubini. L'Oceano Indiano è tutto di brace: brace verde, brace rossa, brace azzurra, solcata qua e là da strane frotte di creature misteriose, simili a gnomi dalle chiome e dalle barbe prolisse che s'inseguono, folleggiano, si confondono. Dove la nave lacera l'onda, la brace sprizza, crepita, s'infiamma, e la scia è così luminosa che i volti dei passeggeri sembrano chini sopra un cratere.

- ...la pelagia mirabilis da non confondersi con la noctiluca splendidissima...

Il decrepito professor Lebaud mi passa alle spalle con lady Mac Lewis al braccio.

- Salite al vostro balcone? Verrò anche io tra poco. Pregate molto. Ho una cosa solenne da dirvi.

Quale voce! Le parole scherzose escono senza tono, come se la gola sia strozzata da una mano invisibile. Salgo sull'ultimo ponte, mi rifugio nel piccolo ballatoio a grate, sospeso fuori della nave, tra l'infinito delle acque e dei cieli.

- Un amore... Come quest'avventura con questa protagonista e con questo scenario m'avrebbe esaltato a vent'anni! Oggi mi sembra un capitolo mediocre d'un romanzo un poco oleografico...

- Pregate?

Sobbalzo. È lei, già seduta di fronte a me, senza ch'io l'abbia veduta, nè udita.

- No. Non pregavo.

- Vorrei che aveste pregato prima di ascoltare quanto sto per dirvi...

Le presi una mano. Ma essa me le strinse entrambe, appoggiò il capo alla mia spalla, come decisa a restare così.

- Commetto in quest'ora la cosa più temeraria che una donna possa fare nella sua vita...

(Io pensavo: - Ecco: è l'ora. - Ecco mi dice: vi amo, mi attira a sè, cado tra le sue braccia come una vergine tremebonda...)

- Guido...

Oimè! Le due sillabe del mio nome erano pronunciate col tocco di chi pronuncia una biografia funeraria...

- Guido Rocca...

Ritirai le mani, di colpo. Ma la donna s'era abbandonata sul mio petto come se quel nome e quel cognome l'avessero uccisa. E nel silenzio sentii più forte lo stridore del ridicolo, segreto dalla voce consolante della ragione. "Non tremare! Nessuno sa! La cosa buffa è tra te e la notte".

Lady Mac Lewis parlava, parlava, me io l'udivo confusamente, come se il suo racconto mi fosse fatto non da lei, ma da dieci persone vociferanti.

- Il mio amante! Il mio amante! - ripeteva come uno che confessi: Ho ucciso, ho ucciso! - Da tre anni non vivo che di questo! Da sei mesi non ho notizia!... Vado in Italia soltanto per lui, per portar-gli baby...

Vidi gli occhi di Guido Rocca: i begli occhi di montanaro dalle grandi iridi azzurre, maculate di due tre punti neri come il velluto; gli occhi del piccolo: identici! Pervinche della stessa radice, fiorite dall'amore in due contrade remotissime: le falde delle Alpi d'Italia, le falde dell'Himalaja...

- ...il secondo giorno che v'ho conosciuto, ricordate? v'ho detto che se avessi un fratello sentirei per lui ciò che sento per voi... E voi farete per me, sono certa, ciò che fareste per ridare la felicità ad una vostra sorella disperata!... No, non parlate, lasciatemi parlare. Sbarcheremo in Italia fra quindici giorni. Mio marito proseguirà per Londra con Sue. Voi mi accompagnerete a Bergamo, subito... No! No! Niente telegramma, niente ritrovo, per carità! Non v'ho detto che mi teme, che non mi vuole più? Me l'ha scritto in una lettera che conservo come una condanna a morte... Ma se mi vede, mi ama, ne sono certa. Non deve aspettarmi: devo apparirgli. Voi mi guiderete attraverso il paese, at-traverso la gente sconosciuta, mi consiglierete, mi difenderete, combinerete l'incontro improvviso. Il tempo, la distanza l'hanno fatto così! Se mi rivede, mi riama. Ne sono certa.

Tacque pochi secondi, senza più voce: poi, con una nota rauca che mi diede il brivido:

- ...l'amo, l'amo da morire o da farlo morire...

. . . .

...Come vuoi che sia? Una donna come le nostre; un po' più nera...

ALCINA

- Siete un materialista.

- No! assolutamente no!

- Lo siete. Dite di non esserlo per eleganza, per snob, perchè il materialismo non è più di moda: ma voi tutti, intellettuali, cerebrali dei nostri giorni siete materialisti dissimulati da una sensualità più fine e da una maggiore eleganza. E per questo più aridi, più infelici, più falsi!

Ancora una volta Miss Eleanor Quarrell mi assaliva con la sua schiettezza un po' rude, ma sentivo nella sua voce una pietà affettuosa che mi diceva quanto mi volesse bene e quanto dovessi apparirle infelice. La gobbina mi fissava con gli occhi dolci e indagatori dove a tratti, come sul ritmo del pensiero, l'iride azzurra era divorata dalla pupilla color velluto; e quegli occhi, quel profilo perfetto, quel sorriso beato dolente ricordavano la divina testa di un martire tronca e deposta sopra un corpo non suo, condannata per castigo su quella doppia gibbosità da Rigoletto, chiusa con dignità rassegnata in un'invariabile tunica fratesca. Sul panno bigio, unico contrasto di ricchezza gentilizia, s'avvolgeva come un cilicio una catena massiccia d'oro antico, costellata di grosse gemme: gioiello di fattura quasi barbara, ereditato da madre in figlia, portato da tutte le bisavole bionde dormenti da secoli nelle cripte dell'Abazia paterna, lassù, nel Devonshire lontano.

Da anni Miss Eleanor svernava in Sicilia, non ritornando alla vasta contea brumosa che a primavera inoltrata. Su quel colle dominante Girgenti si era spento suo padre, vari anni prima, e la giovinetta deforme si era votata a quel cielo, a quel mare, sui quali si profilavano, come sopra due zone di cobalto diverse, i più intatti esemplari dell'arte italo-greca: i templi famosi che erano stati la passione e la gloria, forse la morte immatura, dell'archeologo illustre. Lord Quarrell aveva appartenuto a quella schiera d'inglesi devoti e ferventi che unirono le loro fatiche e il loro nome ai più illuminati intenditori italiani; e che fecero della Magna Grecia la loro patria ideale. A Lord Quarrell dobbiamo l'esumazione di due tra le più belle metope di Selinunte: Minerva che uccide un gigante, Diana che fa lacerare Atteone; a lui dobbiamo l'assetto definitivo di tutto il tempio di Demetra, la ricomposizione di uno degli Atlanti frantumati e dispersi che reggevano l'architrave del tempio d'Ercole. Rimasta sola, la giovinetta deforme si era votata a quella terra sacra, aveva fatto costrurre a mezzo dei colli, tra gli uliveti e gli aranci, di fronte ai templi famosi, la casa della Buona Sosta: Good Rest-House, bizzarra casa e ben modesta per chi aveva un gusto d'arte perfetto e possedeva in Inghilterra un castello elisabettiano ed un'intera provincia. Un bungalow di una semplicità elementare, ad un solo piano, tutto bianco, aperto da vetrate immense sull'intero orizzonte. Nell'interno l'assenza raffinata d'ogni stile: bianco il pavimento, il soffitto, le pareti; legni candidi e smalti candidi, pochi mobili, nessun sopramobile; una sola eleganza: fiori e piante di tutti i climi e lo scenario del cielo, del mare, dei templi, offerto dalle immense vetrate.

Eppure emanava dalla piccola casa bianca il fascino di una reggia, come dalla piccola persona deforme una potenza misteriosa. Miss Eleanor era veramente la prima "coscienza", la prima "intelligenza" ch'io incontrassi in una donna; e m'attirava in modo irresistibile quella sua serenità emanante dalla persona miserrima, quella sua fede veemente alla quale l'anima si riscaldava come ad una fiamma spirituale, m'attirava quella sua virtù di consolazione inesauribile.

- Voi conoscete l'arte d'esser felice.

- È facile. Basta dimenticarsi nella felicità altrui.

- Io non sento l'umanità. Non amo il mio prossimo.

- Ma voi e il vostro prossimo siete la stessa cosa. L'anima...

- Non credo nell'anima, voi sapete!

- Non è vero. Voi credete, perchè soffrite di non credere. Come non credere nell'unica cosa certa, nella sola realtà che abbiamo in noi, più certa di qualsiasi realtà fisica, più palese - che so io? - della rotondità della Terra, dell'infinità dello Spazio? Perchè ridete? No, non ridete, caro! Non farò della teosofia. So che la detestate. Vorrei farvi parte delle cose che sono il mio bene, ecco tutto! Ragioniamo; - Miss Eleanor mi prese le mani; le tenne nelle sue, fissandomi con tenerezza più intensa, - ragioniamo, voi che amate il nudo ragionamento. Ecco le nostre mani che si stringono oggi. Non saranno più quelle che s'incontreranno tra sei, tra sette anni. È risaputo anche dalla scienza più volgare. Saranno altre, mutate fino all'ultima particella. Tutto il nostro corpo sarà mutato. Le nostre due persone si muoveranno incontro, chiamandosi a nome, sorridendo, e saranno due sconosciuti che si vedono per la prima volta. Eppure c'incontreremo con la stessa effusione, non è vero? Ci riconosceremo con gioia, e noi saremo sempre noi. La nostra amicizia sarà immutata e parleremo del passato, parleremo di questi giorni fatti lontani come di cosa presente. C'è dunque, sotto l'apparenza del corpo che varia, una cosa che non varia, un elemento spirituale che registra i cambiamenti della materia miserabile. Come non credere in questo testimonio che assiste?

Ero a Girgenti da quasi un mese ed ogni giorno salivo alla "Buona Sosta", per sentire la mia amica parlare di queste cose singolari. Giunto da un lungo viaggio in Oriente, disfatto dai disagi e dai climi, alterato dalla sciagurata abitudine degli ipnotici, avevo scelto quel soggiorno prima di risalire in Piemonte; anche per consiglio d'un mio caro Amico siciliano, il dottor Gaudenzi, il quale m'aveva fatto osservare che dopo aver pellegrinato il Giappone e la Papuasia un italiano può anche visitare l'Italia. E da un mese vivevo nell'incanto della Magna Grecia, a Girgenti, tra le ruine dell'antica Acragante, "la bellissima tra le città mortali", la patria di Terone e di Empedocle, vergognandomi in cuor mio d'esser giunto quasi a trent'anni ignorando, quella gloria del nostro cielo.

Salivo ogni giorno alla "Buona Sosta". La parola di Miss Eleanor era un incanto. Parlava l'italiano con la correttezza forse troppo letteraria dei forestieri che hanno studiate a fondo la nostra lingua, ma il lieve accento esotico, insanabile, dava una grazia tale che sovente godevo la sua voce, senza seguire il senso delle parole.

- La cosa che non varia! Il testimonio che assiste!... Cara, cara Eleanor, penso che con tutta la vostra bontà non potrete far nulla per me. La fede non si consegue col ragionamento. È una grazia.

- La fede! - sospirò la mia amica volgendo lo sguardo sullo scenario di pietre colossali che ci stava dinnanzi, - la fede! Quella che muove i macigni, che fa tutto possibile, tutto.

- Tutto? - mi domandai; e istintivamente, senza volgermi a guardarla, pensai la miserabile persona gibbosa, alta come uno sgabello, lo scherzo atroce della natura scellerata.

Ed Eleanor rispose al mio silenzio, subito con voce calma:

- Tutto possibile. Sì, anche questo.

Eravamo nell'atrio, tutto rivestito di capelvenere. Dinnanzi m'era lo scenario che godevo da un mese e che mi sembrava di vedere ogni giorno per la prima volta. Il declivio verde di aranci, costella-to di frutti d'oro, poi l'azzurro del mare, l'azzurro del cielo; e su quell'orizzonte a tre smalti diversi, i più divini modelli che l'arte dorica abbia, col Partenone, tramandato sino a noi. Il Tempio della Concordia, e vicino il Tempio d'Era con la sua fuga di venti colonne erette e di venti colonne abbattute, e, più oltre, il Tempio d'Ercole, ossario spaventoso della barbarie cartaginese, meraviglia ciclopica tale che la nostra fantasia si domanda non come sia stato costrutto, ma come sia stato abbattuto; e oltre ancora il Tempio di Giove Olimpico, il Tempio di Castore e Polluce: tutte le sacre ruine che Agrigento spiega a sfida tra l'azzurro del cielo e del mare: ecatombe di graniti e di marmi che sembra dover ricoprire tutta la terra di colonne mozze o giacenti, di capitelli, di cubi, di lastre, di frantumi divini.

Ma dinnanzi a noi era quello che Miss Eleanor chiamava "il mio tempio", il tempio di Demetra, eretto ancora sulle sue cinquantaquattro colonne, l'unico intatto fra dieci altri abbattuti, l'unico sopravvissuto, per uno strano privilegio, al furore fenicio e cartaginese, al fanatismo cristiano e saraceno.

- No, amico mio. Dobbiamo ai cristiani e ai saraceni se il tempio è giunto intatto fino a noi. Fu San Rinaldo, nel IV secolo, che lo scelse fra "i monumenti infernali dell'idolatria" per convertirlo in una chiesa dedicata a San Giovanni Evangelista, chiesa che fu trasformata in moschea al tempo dell'invasione saracena. E l'edificio divino fu salvo, mascherato e protetto come un fossile nella sua custodia di pietra e di cemento. Quale grazia del caso! Pensate allo scempio che fu fatto degli altri! Pubblicherò un manoscritto di mio padre dedicato tutto allo studio di queste distruzioni nefande. Pensate a quel colossale Tempio d'Ercole che fornì materiale per tutti i porti nel Medio Evo! Tutto fu abbattuto e spezzato. Abbattute le colonne ciclopiche, ogni scannellatura delle quali poteva contenere un uomo, come in una nicchia, abbattuti i giganti e le sibille alte dodici metri che reggevano l'architrave, meraviglia di mole titanica e di scultura perfetta. Pensate le teste, le braccia, le spalle divine, i capitelli intorno ai quali si gettavano gomene colossali, tese, tirate da schiere di buoi fustigati, mentre le seghe tagliavano, le vanghe scalzavano i capolavori alle basi. E le moli precipitavano in frantumi spaventosi, con un rombo che faceva tremare la terra. Ora sulle nudità divine, tra le pieghe dei pepli, nidificano le attinie e i polipi di Porto Empedocle.

- Cose da invocare un secondo toro di Falaride per i cristianissimi demolitori.

- Il gregge! Il gregge dell'Abazia! - Miss Eleanor si interruppe ad un tratto, ebbe uno di quei suoi moti fanciulleschi di bimba sopravvissuta, - il gregge dell'Abazia! Guardate che incanto!

Dall'interno del Tempio, sul grigio delle colonne immani, biancheggiarono d'improvviso due, trecento agnelle color di neve. Uscivano dal riposo meridiano, dalla "fresca penombra, correvano lungo il pronao, balzavano sui plinti, scendevano con grandi belati e tinnir di campani. Tre pastori s'affaccendavano con i cani per adunare le disperse e le ritardatarie. Alcune, le piccoline, non s'attentavano a balzare dagli alti cubi di granito, correvano disperate lungo il pronao, protendevano il collo invocando soccorso, con un belato lamentevole. I pastori le prendevano tra le braccia, passandole dall'uno all'altro, tra l'abbaiare dei cani.

***

- Non rimpiango d'essere nato troppo tardi. Il quadro è più divino oggi che ai giorni di Empedocle. Il cielo doveva essere meno azzurro tra le colonne a stucchi troppo vivi; non so pensare le metope, i triglifi, i listelli a smalti gialli, azzurri, verdi. Non so pensarli che color granito, color di tempo, come li vede oggi la nostra malinconia. Colorato, ornato, fregiato, con i gradi del plinto e le strie del-le colonne, i frontoni a linee precise, non addolcite ancora dai millenni; con i labari immensi che s'a-gitavano al vento e la folla che affluiva nei giorni solenni, il tempio doveva essere men bello di oggi. Oggi ha la bellezza che piace a me, la bellezza che strazia!

- È straziante anche il vostro albergatore, - interruppe ridendo la mia amica. - Vedo una réclame di più.

In fondo, ai piedi di Girgenti, aggruppata sul suo declivio come un'erede poverella, biancheggia-va l'immenso cubo dell'Hôtel d'Agrigento, e sulle pareti candide, sulle alte mura del parco, fin sui ci-pressi centenari, spiccavano a sillabe colossali gli elogi di cordiali e di aperitivi.

- E che cosa fanno all'Hôtel?

- Mi dimenticavo di dirvi. Preparano un concerto di Nino Karavetzky, il prodigio di nove anni; suonerà nel Tempio, al plenilunio di domani.

- Tutti gli anni fanno qualche cosa di simile, - disse Eleanor abbuiandosi, - l'anno scorso la colonie preparò una festa amena. Lampioncini veneziani dall'una all'altra colonna, razzi, fuochi di bengala, danze, e Vedova allegra.

- L'idea di quest'anno è meno scellerata.

- Scherzo, conosco il piccolo Karavetzky. L'ho sentito l'estate scorsa al Conservatorio di Bruxelles. È più che un enfant prodige. È un rivelatore. Sarò felice di sentirlo.

- Oh! Che piacere! Allora verrete anche voi!

- Non verrò. Lo sentirò di qui. Sentirò benissimo le parole del violino e non i commenti delle si-gnorine Raineri e di madame Delassaux.

Fui schiettamente addolorato del rifiuto reciso. Tentai la mia amica insistendo, porgendole il pro-gramma.

- Guardate, guardate che delizia.

Essa lo scorse, lo commentò da fine intenditrice.

- Delizioso, ma non verrò.

- Oh! Cara Eleanor, quanto m'addolora il vostro rifiuto. Quando mi han detto del concerto ho subito pensato a voi e ad una cosa sola; al piacere di starmene in disparte su qualche capitello infranto ad ascoltare la musica lontana e le cose che voi sola sapete sulle nostre bellezze sepolte.

- E bene illuminati dal plenilunio e vigilati da Madame Delassaux o da chi per essa, perchè si tessa qualche favola di più "sur la sorcière des ruines". No, non protestate, sapete benissimo anche voi che mi si chiama così.

Non risposi, chinai il volto, premetti le gote che ardevano contro le due mani di lei, gelide e fini.

- Il mondo ha pure le sue esigenze, mio povero amico, finchè siamo tra i vivi.

Tacqui ancora, parlando senza sollevare il volto.

- È una gran delusione per me. Contavo sulla vostra presenza. Sono un vagabondo senz'anima, che non crede e non sente. Ma accanto a voi mi par di sentire e di credere in qualche cosa. Non so, non so dire che cosa io provi quando vi sono vicino.

Eleanor ritirò lentamente le mani; sollevai il volto e vidi il volto di lei mutato, e gli occhi, dove la pupilla color velluto divorava, a tratti, tutta l'iride azzurra, che mi scrutavano fino in fondo dell'anima.

- È vero. Siete sincero, - disse Eleanor con voce commossa, ma ferma. - Per l'affetto che mi porta-te e che vi porto, verrò. Aspettatemi verso la quarta metopa; vi prometto che al Notturno di Sinding sarò con voi. La mia anima - corresse - sarà con voi!

Sorrisi amaramente al gioco di parole, deluso e scontento. Ma Eleanor non sorrise, alzò la mano come a suggellare una promessa.

- Sarò con voi.

E poichè mi volsi ancora a salutarla dalla soglia, con un sorriso deluso ed incredulo, essa ripetè so-lenne:

- Vi giuro che sarò con voi!

Perchè quella promessa e quel volto atteggiato ad una tenerezza quasi tragica mi diedero il brivido? Uscii dalla "Buona Sosta" con un'esaltazione strana, m'avviai quasi di corsa verso l'albergo. A mezza via, dall'ombra di una siepe di agavi e di cacti, balzò il dottor Gaudenzi.

- Ti si vede, finalmente! Ma passi le tue giornate alla "Buona Sosta"! Dalle ruine alla gobba, dalla gobba alle ruine. C'è poca differenza. Comincio a pentirmi d'avertela presentata. Per tanti motivi.

- Sentiamo.

- Sei qui per rimetterti dei tuoi nervi e la compagnia di quell'esaltata è la negazione della cura. La conosco da anni. Giurerei che avete parlato tutto il giorno d'arte e d'oltretomba. Sono le sue due specialità. Hai gli occhi di un allucinato anche tu.

- Sentiamo, e voi cosa avete fatto di meglio?

- Siamo stati a Porto Empedocle a veder ritirare le reti. Abbiamo aiutato i pescatori e i marinai; un esercizio che avrebbe fatto bene anche a te. Poi abbiamo invasa un'osteria del basso porto, comprese le signore, e abbiamo mangiato il pesce fritto alla saracena. Poi abbiamo scommesso a chi faceva più giri intorno alla fontana di San Rocco con Madame Delassaux tra le braccia. Pesa novantasei chili. Io ho vinto il secondo premio...

Il mio amico aveva ragione. Ma l'errore era d'aver scelto per il mio riposo una terra dove ogni pie-tra aveva un potere magico, un passato favoloso, e dava l'ebbrezza e l'allucinazione. Meglio la Ligu-ria, non bella che d'aranci e di oliveti, meglio il mio Canavese privo di fulgidi passati, ma verde di riposi ristoratori, dove l'anima s'adagia come una buona borghese.

- Diraderò le mie visite a Miss Eleanor. Hai ragione. La sua conversazione mi esalta.

- Farai bene. E non per i tuoi nervi soltanto. Si mormora non poco su questa tua assiduità. Quest'oggi ho sentita una frase perversa sull'idillio "du poète languissant e la bossue aux soixante millions". No, non puoi prendere a ceffoni chi l'ha pronunziata perchè era una donna. Soltanto le donne sono capaci di pensare queste cose. Ma le donne le dicono e gli uomini le credono e le ripetono.

Il Tempio di Demetra inargentato dal plenilunio! Una bellezza che nessuna forma d'arte potrebbe ritrarre senza farne un'oleografia dozzinale, una bellezza non sopportabile che nella dura realtà. Ma quale realtà! La terra, il mare, il cielo d'Agrigento si erano fusi in una tinta neutra, quasi per favorire con uno scenario incolore quell'unica forma; e il Tempio s'innalzava sui suo stereobate a cinque gradi, le colonne esatte, rigide, convergenti dai plinti ai capitelli con un'armonia che sembrava una preghiera lanciata in alto, verso l'assoluto. E sulla sinfonia delle sette e sette, delle venti e venti colonne l'architrave, i triangoli dei frontoni equilibrati come due strofe si profilavano intatti al plenilunio, poichè la luce lunare ringiovaniva il Tempio come la ribalta ringiovanisce un volto di donna.

- L'uomo ha potuto far questo! Ha concretato nella pietra questo grido verso l'ideale.

La mia esaltazione cresceva. M'aggiravo tra la folla con passo malfermo. La folla brulicava intorno: ospiti giunti da tutte le parti, italiani e forestieri; ma le figure moderne, minuscole su le scalee imponenti, fra gli intercolunni colossali, non rompevano l'armonia del quadro, tanto le nostre foggie mutevoli sono miserabile cosa di fronte alla bellezza che non muta. Nell'interno, tra il doppio colonnato della cella, dinnanzi alle tre are consunte, s'addensavano gli spettatori; e le donne cessavano dal cicalare e gli uomini si scoprivano il capo entrando, istintivamente, quasi che ancora la divinità fosse presente.

- Eleanor! Eleanor! Che faceva, la mia amica tra il capelvenere della "Buona Sosta"? Perchè non era con me nell'ora divina?

Il plenilunio illuminava a giorno le zone in ombra, faceva scintillare gli occhi, i denti, i gioielli del-le signore; alcune - quelle della colonia - in capelli, scollate, con scarpe chiare o a vivi colori laminate d'oro e d'argento, altre - le forestiere - in succinto vestito di viaggiatrici. E, tra la folla che fece ala, apparve il piccolo Mago, condotto per mano dalla mamma, una signora ancora giovane e bella. Ma quanto minuscolo il prodigio famoso! Fu un mormorìo di tenerezza sorpresa che proruppe in una commossa ilarità quando il piccolo tentò, due, tre volte, invano, di dare la scalata al plinto e la madre lo sollevò alle ascelle, ve lo depose con un bacio e con un sorriso, offrendogli, nella custodia aperta, lo strumento, come un giocattolo prediletto. E il bimbo lo prese, lo accordò palpandolo, stringendolo tra le gambette nude, picchiandolo con le nocche, pizzicando le corde con le dita e coi denti, così come avrebbe fatto con un suo cavalluccio un po' guasto, prima di mettersi al gioco.

Addossato ad una colonna lo guardavo, attraverso la folla, il Mozart minuscolo sul suo plinto greco, e il mio malessere cresceva, sentivo il rombo del sangue contro il granito al quale premevo la nuca, e gli occhi aperti mi dolevano e se li chiudevo l'orlo delle palpebre mi scottava come se fosse stato di metallo rovente. Aspettavo la musica come nelle notti disperate invocavo dal mio amico la droga del nulla o la puntura pietosa.

Ma la prima nota dolcissima - era il concerto in re minore di Max Bruch - mi passò nel cervello come una scalfittura. Tutto il miracolo evocato dal piccolo intercessore, che dalla gagliarda sonorità appassionata delle prime frasi si chiude col finale allegrissimo, saltellante, fu per me un martirio senza nome, come una musica diabolica eseguita da un demone con un archetto di diamante sopra una lastra di cristallo.

- Eleanor! Eleanor! Che faceva la mia amica in quell'ora? Ascoltava, con la povera persona de-forme palpitante tra il capelvenere della "Buona Sosta"?

Non vedevo la folla, non vedevo che lei. Le note si convertivano in parole sue: - ...la fede, la fede che fa tutto possibile: anche questo! - e abbassava gli occhi accennandosi la sciagura della persona miserrima; poi sollevava le iridi chiare: - ...verrò! Sappiate vedermi. La mia anima sarà con voi. Vi giuro che verrò!

Tremai della mia eccitazione. Cercai il dottore intorno, come un salvatore, senza trovarlo. Cercai un capitello, una pietra dove sedermi: tutto era occupato dalle signore. E le ginocchia non mi regge-vano. Girai intorno alla colonna, passai dagli intercolunni della cella agli intercolunni esterni, in piena luce lunare. Avanzai quasi di corsa lungo il pronao per allontanarmi dal malefizio dei suoni e per sen-tire la frescura notturna ventarmi in viso. Alla quarta metopa scesi due, tre gradini, mi adagiai con le spalle addossate al granito, la nuca ben sorretta da una curva della pietra consunta. Dinnanzi m'era la pianura incolore ed il mare incolore, non rivelato che dal riscintillare tremulo della luna. Da un lato, obliquo, il sarcofago di Fedra con le figure fatte più visibili dalla luce obliqua. Mi dimenticai per al-cuni secondi in quel dolore. La regina seduta, con un braccio rigido appoggiato allo sgabello, e l'altro braccio inerte abbandonato a due schiave che lo reggevano accarezzandolo, affannate e dolenti... E la donna volgeva altrove il profilo inconsolabile dove s'addensa tutta la disperazione umana, la di-sperazione incolpevole di essere quali siamo, di non poter essere che quali siamo! Amore, in disparte, contemplava sogghignando l'effetto del dardo, l'amore minuscolo come un piccolo demone. Ma l'al-tro demone, il piccolo demone del tempo nostro, il Mago dei suoni che mi perseguiva fin là col mar-tirio divino del suo stromento! Anche la Zingaresca di Sarasate, gaia e saltellante, non mi dava sol-lievo! Accarezzai con la mano le pieghe ordinate del peplo tre volte millenario.

- Il dolore, il dolore anche qui, eternato nella pietra dura!

Cercai la luna, in alto, per dimenticarmi in una cosa morta per sempre, in una cosa che non soffre più, che non soffrirà mai più.

- Eleanor, Eleanor!

Ah! Perchè non l'avevo vicina? Perchè non aveva consentito al convegno?

Fissai il cielo a lungo, troppo a lungo. Quando abbassai gli occhi vidi il disco lunare moltiplicarsi in rosso ovunque posassi lo sguardo; chiusi gli occhi, li premetti a lungo con le dita per cancellare dalla palpebra interna l'immagine del disco sanguigno. Giungeva nel silenzio la Chanson triste di Sinding, il notturno prediletto di Eleanor. La sua anima era veramente vicina? Certo la sua anima l'udiva anch'essa, dalla sua veranda fiorita, ma non soffriva come me! La mia amica infelicissima co-nosceva il segreto d'esser felice!

E il piccolo evocatore lontano moltiplicava gli effetti imprevisti e la musica m'era vicina come se le corde mi vibrassero nelle orecchie. Ma udivo anche un passo lieve lungo il pronao. L'importuno s'arrestò due, tre volte alle mie spalle, con un fruscìo che sembrava cadenzato col ritmo musicale. Io non volli sollevare il volto dalle mani. Non sollevai il volto nemmeno quando sentii che lo sconosciu-to scendeva, mi si sedeva vicino. Guardai, a volto chino, dal basso in alto. E vidi i due piedi ignudi, minuscoli, perfetti nel coturno gemmato; poi il peplo ordinato come un ventaglio semichiuso, raccolto alle ginocchia, il peplo che fasciava con grazia attorta il busto perfetto, avvolgeva le spalle snelle, lasciava la nuca e il volto come in un soggolo, non lasciando libero che il profilo; il profilo di Eleanor.

Non balzai, non diedi grido. Cercai di convincermi che non sognavo: palpai il granito, mi morsi le labbra, per sentire il freddo ed il dolore. Non sognavo.

- Non sogni! Non sogni!

Eleanor parlava! Non so dire come fosse la sua voce; forse le sillabe delle sue parole e le note che venivano di lungi erano la stessa cosa. Ma parlava, eretta dinnanzi a me che non trovavo la forza di balzare in piedi; e m'aveva teso le due mani intrecciando le mie dita alle sue dita soavi. La sua persona era assoluta, poichè la parola bellezza è troppo umana per la rivelazione divina che mi stava dinnanzi, per quell'anima fattasi carne in una forma imitata dalle statue immortali.

- Non sogni! Non sogni! Ho giurato. Sono venuta.

- No, non è vero! - gemevo con le dita nell'intreccio delle sue dita, - mi sveglierò tra poco e tutto sarà come se non fosse stato e non avrò più queste tue mani; non avrò che le mie unghie infisse nella mia palma sanguinante. Conosco l'inganno dei sogni.

- Non sogni! Ah, perchè quest'orgoglio di fanciullo dinnanzi al mistero? Perchè ribellarsi? Per tutto ciò che è divino m'hai chiamata. Sono venuta. E venuta quale voglio essere. Tutto è possibile. Anche questo.

- Eleanor! Eleanor! Che questa sia la realtà di un attimo e poi venga il buio senza fine.

- Verrà la luce. È giunta l'ora. T'aspettavo da anni. È fatto il miracolo!

- Eleanor, se questo non è sogno, - e balzai afferrandola alla vita sottile, - lascia ch'io ti porti tra gli uomini, che io gridi alto il tuo nome nel mondo dei vivi!

E tentai di trascinare la tepida forma palpitante lungo il pronao, verso l'interno del tempio.

- No! no! La fede sola ha fatto il miracolo. Non profanare il mistero!

Mi resisteva ed io la cingevo alla vita, deciso di trascinare nella realtà il sogno divino, ben certo che con l'ultima nota tutto sarebbe dileguato nel nulla. E non volevo. Volevo ghermire alle potenze dell'occulto quella forma divina.

- No! Bada! Profani il mistero! La fede sola ha fatto questo! Mi perdi per sempre! Lasciami! Lasciami!

Fu la resistenza decisa, la lotta ostile per il bene supremo.

- Lasciami! Lasciami!

Sollevai la persona che riluttava, guizzava come se la portassi alla morte; poi s'allentò con un grido, s'abbandonò senza vita. E la portai tra gli intercolunnii, trionfando di giungere dal sogno alla realtà con quella preda ben certa, di sollevarla al cospetto di tutti gridando al miracolo.

Ma fu allora come se cominciassi a sognare.

Vidi per un attimo la folla adunata e il piccolo musico che suonava sul plinto. Poi più nulla. E nel buio un grido, molte grida; e nel cervello che si smarriva disegnarsi ancora in sanguigno il disco lunare poi una voce ben vera, la voce di Madame Delassaux, la mia nemica.

- Il est ivre, il est fou! Par ici, sauvez-vous par ici, miss Quarrell!

Poi più nulla. L'assenza del tempo e dello spazio. La felicità del non essere.

- E dopo - dopo quanto? - vidi per prima cosa attraverso le ciglia socchiuse una prateria ondulata, costellata di fiori non terrestri, simili a quelli ritratti dagli occultisti nei paesaggi di Giove e di Saturno e un gelo, un gelo che contrastava con la flora meravigliosa. Ma aprii gli occhi ben vivi alla luce ben vera, vidi che la prateria smagliante era la coperta del mio letto alterata dalla prospettiva dell'occhio recline, e sentii che il gelo veniva dalla benda che mi copriva le tempia. Portai la mano alla fronte, ma fui impedito dal dottor Gaudenzi che mi sorrise, parlando affettuoso e calmo, come se riprendesse un dialogo interrotto mezz'ora prima.

- Ieri? Ventitrè giorni fa! Ventitrè giorni sono passati dal concerto famoso. Ma non t'agitare... ti dirò poi.

- Voglio sapere, voglio sapere!

- Tutte cose innocentissime e amene. Amena anche la tua meningite, ora che è scongiurata. Ma non ti agitare!

Mi rinnovò il ghiaccio sulla fronte, m'impose il silenzio. M'addormentai nuovamente. Due giorni dopo cominciai ad alzarmi, felice di sentire che le gambe mi reggevano ancora. E volli il barbiere subito, per avere l'illusione di riprendere la mia vita consueta. E mentre ero sotto il rasoio, il dottore si decise a parlare, misurando a grandi passi la stanza.

- Bada di dirmi la verità! Tanto saprò tutto oggi, da Miss Eleanor.

- Miss Elaanor è partita da tre settimane per l'Inghilterra. Non ritornerà in Sicilia mai più. Per quanto inglese e teosofessa, certe lezioni si ricordano una volta per sempre. Ma lasciami parlare!

- Allora cose gravi!

- Ma no! Importa molto, a un carattere come il tuo, d'essere la favola allegra di qualche migliaio di sfaccendati, per qualche tempo? Dunque nessun guaio. L'unico guaio si è l'aver portato di peso, tra la folla, in pieno concerto, urlando come un forsennato, la povera gobbina svenuta.

Avevo allontanato il rasoio, per prudenza, m'ero alzato in piedi, torcendomi le mani. Non potevo ridere, non potevo piangere.

- Non è vero! Dimmi che non è vero!

- È vero questo soltanto. E non ti descrivo la scena. Ti sarà descritta a sazietà dai volonterosi e dalle volenterose, in tutti i particolari. I quali tornano più a colpa di Miss Eleanor che a tuo disdoro.

- Dimmi che non è vero!

- Ed è lezione ben meritata per quella incompleta figlia d'Albione. Tutti gli anni ha sempre tessuto qualche idillio, coronato da catastrofi amene. Ha anche avuto qualche amante, forsennati che giuravano d'averla vista con un corpo fidiaco. Ora posso confessarlo. Nei primi tempi ha tentato lo stesso gioco anche con me. Ma io ho un cervello sano. E l'ho vista sempre con due gobbe e alta come uno sgabello. Con te, ridotto come eri, la cosa è stata diversa.

Afferrai il rasoio, per gioco.

- Non mi resta che il suicidio od il chiostro!

Ridevamo perdutamente.

Ma lasciai la Magna Grecia per sempre, tre giorni dopo.

Io ho composto molto prima di Gabriele d'Annunzio un Mistero di San Sebastiano. D'Annunzio l'ha scritto in francese e a cinquant'anni, io a nove soltanto e in inglese addirittura; e ho sostenuta la parte del martire versando lagrime e sangue.

In quel tempo - quasi vent'anni sono - la mia famiglia era in grande Amicizia con la famiglia di un certo sir Goldsmith, agente consolare di Melbourne, da poco giunto in Torino: un anglo-australiano che aveva preso stanza in Val Salice, in una villa squallida, con una sorella brutta e vetusta come lui, miss Chloe, e una bimba di dodici anni, Eleanor, alta e robusta come un maschio e tanto bruna e fosca quanto il padre e la zia erano scialbi e biondicci, con un volto camuso e i sopraccigli congiunti come due mustacchi, sotto una selva di capelli cresputi: documento vivente degli amori di sir Goldsmith con qualche antropofaga degli antipodi. Eleanor! Raramente ho incontrato in seguito nella vita una donna perfida come quel piccolo mostro. Ah! quelle gite in Val Salice, quella vettura che ci portava lungo il Corso Vittorio, attraversava il ponte di ferro sul Po (detestabile anch'esso, detestabile tutto il paesaggio in quel ricordo!) e saliva la collina passo passo, fino alla villa della mia dannazione! Tutto m'era odioso là dentro: la lingua non mia, il giardino tetro, la casa squallida, alla quale il passaggio di quei nomadi aggiungeva un cattivo gusto, zingaresco, le accoglienze meccanicamente cordiali di sir Goldsmith, il suo bacio sulle mie gote, l'inchino ipocrita di Eleanor che sorrideva con tutti i suoi denti di cannibale, già sogguardandomi come la vittima designata... Convenivano là, due, tre conoscenti con i loro bambini; i "grandi" si adunavano nell'atrio o in sala; le signore cinguettavano di mode, sir Goldsmith parlava con gli uomini di edilizia americana e di concia di canguri, di bridge e di pericolo giallo; sovente invitava la figlia ad un saggio d'arpa e si esaltava, s'insuperbiva, prorompeva in tali applausi prima della fine e prima degli altri che gli altri più non sapevano trovare elogi adeguati. Ma, poco dopo, all'ora prefissa, con una puntualità rituale, solenne di pastore evangelico, miss Chloe (o Straziante ironia dei nomi!) compariva sulla soglia, faceva un inchino alle signore, un cenno di richiamo a noi piccoli. Era l'ora della lezione.

Si saliva all'ultimo piano della casa, in una stanza nuda, con non altri arredi che un armadio immenso, una lunga tavola, due panche di legno. Noi piccoli ci si disponeva attorno al tavolo, miss Chloe toglieva dall'armadio una Bibbia inglese, una lunga asta minacciosa, una scatola di pasticche e una ciambella pneumatica in cauccciù rosso. Pare che la poveretta, per non so quale occulta infermità, non potesse sedere senza quell'aureola sottoposta; era quella ciambella l'unica speranza di salvezza, poiché sovente, o per caso o per la furtiva trafittura di un nostro spillo, si udiva nel silenzio della lezione un sibilo sommesso, e la professoressa s'inabissava, non più sospesa sul suo cinto aereo.

Si era in cinque, sei: io solo di maschi. Avevo vicino Eleanor tormentatrice, di fronte miss Chloe mi dominava dall'alto del suo collo di condor, con due occhi verdognoli, terribilmente miopi sotto la calvizie biondiccia non dissimulata. Teneva l'occhialetto in una mano, nell'altra l'asta cara ai pedagoghi d'altri tempi e raggiungeva con quella i più lontani, assestava ai negligenti e ai distratti un colpo leggiero, ma secco, quasi propagasse al legno la malignità delle sue nocche ossute. Ma la cosa terribile in quella virago era la bocca. Ancor oggi, passando dinnanzi a certe vetrine-saggio d'abilità dentaria, miss Chloe m'appare tutta d'improvviso: quella donna era la sua dentiera. Forse me l'ha impressa nel ricordo lo studio continuo che dovevo farne per imitare lo squittire, il sibilare della perfetta pronunzia.

Ma i tormenti della lezione non erano nulla paragonati al terrore che avevo dei giochi. Eleanor prendeva possesso di noi come di cose sue, come di schiavi che le spettassero di diritto, ci confinava in un cortile solitario dietro alla villa, perchè le nostre proteste non giungessero agli orecchi dei grandi. Mai ho visto in una bimba, in una donna, tanto serena e spudorata sincerità di prepotenza. L'arroganza anglo-sassone, sposata alla ferocia australasa, faceva di quel meticcio un mostro di malvagità incredibile. Non era lecito preporre, discutere, interrogare: "Perchè voglio così," rispondeva fissandoci con i suoi occhi verdi, spruzzati di punti neri come d'inchiostro. Ci aveva scelto tutti inferiori a lei d'anni e di forze; io ero il solo maschio fra quattro o cinque bimbe disciplinate e sottomesse. Mi ribellavo qualche volta, dicevo ostinatamente no, deciso alla lotta con tutta la forza della mia piccola dignità esasperata.

Ma Eleanor stringeva le mie braccia nelle sue mani chiudendole come in una morsa; le unghie s'infiggevano nella mia povera carne; non reggevo più, chinavo il capo, assentivo, obbedivo. In tanto avvilimento avevo una sola grande soddisfazione. Si ricorreva a me per l'invenzione dei giochi. Eleanor stessa faceva la voce men rude, l'occhio meno feroce, quando mi consultava perchè "inventassi". E quell'omaggio reso alla mia fantasia lusingava la mia vanità di futuro letterato. Ma allora non pensavo alla letteratura; sognavo di farmi missionario, ero in pieno misticismo, praticavo la Chiesa con fervore, leggevo con trasporto i libri sacri e la Bibbia. Per questo i miei soggetti erano quasi tutti ispirati dal Vecchio e dal Nuovo Testamento. Avevamo già giocato al Trionfo di Semiramide; alla Regina di Saba, al Salvataggio di Mosè.

Quel giorno Eleanor era perplessa; salì in casa, ritornò poco dopo con due stampe tolte alla came-ra della zia Chloe, me le porse: - What is this? Racconta!

Erano: Giuseppe alla Corte di Putifarre e il Martirio di San Sebastiano. Il primo non entusiasmò: nessuno seppe chiarire per quale negligenza nelle faccende di casa Giuseppe fosse in lotta con la sua padrona. Ma il Martirio di San Sebastiano, che io rammentai con fervore, piacque alle bimbe ed entusiasmò Eleanor.

- Very well. Io faccio la parte della regina Diocleziano.

- Ma era un uomo.

- Un uomo? Never mind, non importa.Io metto i tuoi calzoni, tu devi ben toglierli per fare il marti-re.

- Io faccio il martire vestito.

- Ma guarda, - incalzava Eleanor, - il santo non ha che questo gonnellino: non devi tenere che le mutande.

- Allora non faccio niente.

Protestai recisamente, mi ribellai con tale fermezza che Eleanor stessa venne a trattative.

- Bene, terrai le mutande e la camicia, sei contento?

- Sì, ma voglio vedere le frecce.

Le bimbe mi portarono un fascio di canapuli bianchi e leggeri: ne provai uno sulla mano, non c'era da temere.

- E le corde?

Mi fu mostrata una gran matassa di corde per il bucato.

- Va bene, ma non voglio essere legato, fingerete soltanto.

- Sì, sì, fingeremo, - disse Eleanor rivolgendosi alle compagne con insolita compiacenza, - finge-remo soltanto, lo giuro.

Il Mistero ebbe principio. Gli arcieri, quattro bimbe con sciolti i capelli, mi trascinavano dinnanzi all'imperatore. Eleanor sedeva su una sedia, sopra un tavolo: aveva i miei calzoni, un tappeto per manto, in capo un vecchio allume consolare del padre, in mano una zagaglia australiana. La sentenza era pronunciata. Venivo trascinato contro l'albero del supplizio.

- Gli sia tolta la camicia!

- No! No! Avevi giurato di no!

Tardi! Le complici mi tenevano alle gambe, alla vita, alle braccia. L'imperatore stesso era balzato dal trono, mi denudava fino alla cintola; io mi divincolavo, cercavo di liberare le mani, di mordere...

- Sia legato!

Eleanor stessa, con le sue braccia nerborute (oh quanto più delle mie!) mi incrociava le mani sul capo, le avvinceva all'albero con la corda, mi ripiegava la corda sul petto, la ribadiva ai piedi.

- Bugiarda! Spergiura!

Eleanor non udiva l'insulto, era presa dalla follia, rideva, cantava, danzava; oggi ancora rabbrivi-disco, ripensando a quella maschera disfatta dal piacere selvaggio. Si risvegliavano in lei, esultando, le antenate che avevano danzato ignude nella foresta attorno allo spiedo d'un missionario o d'un esploratore...

Anche nelle altre bimbe si diffondeva lo stesso furore: intorno a me era una ridda vertiginosa di piccole Menadi inferocite contro quell'unico maschio. Allora il mio dolore e il mio sdegno cercarono nel vocabolario inglese l'oltraggio più sanguinoso.

- Miss Crow (signorina Cornacchia: figlia di negri), miss Crow, Dio ti punirà!

Miss Crow: subito tra il biancheggiare e il frusciare innocuo dei canapuli, udii contro la corteccia, presso la mia testa, due, tre colpi sordi. Pietre. Una quarta, tagliente, non risuonò, mi colpì alla guan-cia; fu come un pizzico che quasi non mi fece male: ma subito il sangue ne spicciò violento, mi rigò il petto d'una striscia vermiglia.

Mi vidi perduto: gridai come grida chi affoga, chi arde.

Una finestra cigolò dall'alto, s'udì una voce. La ridda cessò, le carnefici dileguarono. Ero solo, tacqui a capo chino: vedevo il cuore pulsarmi sollevando il costato, vedevo, - terrore ben più atroce di tutti, per la morbosa mia pudicizia d'allora, - vedevo e sentivo le leggiere mutandine, slacciate nel-la lotta, scendere lungo i fianchi e le gambe; emergevo in tutta, la mia magra nudità, come Salomè dopo l'abbandono del settimo velo!

Si schiuse una porta, miss Chloe apparve avanzando rigida, con proteso il suo collo di condor. Le mie mani fecero - invano!- l'atto istintivo di portarsi nell'atteggiamento della Venere Medicea, miss Chloe s'avvicinò, alzò l'occhialetto, turbinò su se stessa senza nemmeno dir "shocking", disparve in casa a galoppo di giraffa. L'allarme era dato, quasi subito apparve mia madre, si precipita su di me con il grido del terrore e della tenerezza: ero slegato, avvolto non so dove, trasportato non so dove, dalle sue braccia.

Un'ora dopo, adagiato in un salotto a terreno, rivestito, riscaldato, riconfortato, ero ancora scosso da singhiozzi convulsi. Ma non piangevo, non avevo pianto; non volevo che mia madre, il buio ed il silenzio.

- Ora bisogna andare, caro. Lasciamo questi cattivi per sempre...

Udivo nella stanza attigua la voce di mio padre:

- Moderatevi, sir Goldsmith, che in ogni caso sarei io... - e la Voce di sir Goldsmith: - Caro ingegnere... un degenerato... pena per lei... vero sadismo... - e la voce di Eleanor che dominava i due uomini in rudezza e franchezza: - Interrogatelo, non negherà...

Entrarono parlando: io non alzai il capo dalla spalla di mia madre.

- Ragazzo, - interloquì sir Goldsmith solenne, - è necessario che tu risponda sinceramente a qual-che domanda. Sei tu che hai proposto il gioco... yes... di San Sebastiano?

- Sì.

- Vede, egregio ingegnere, che Eleanor ha detto la verità. E sei tu che hai ordinato le scene e le parole e tutto il resto?

- Sì, ma non le pietre.

- Sta bene, non le pietre. Le pietre le ha scagliate Eleanor: l'ha confessato: mia figlia dice sempre la verità. O yes, ma dimmi un po': hai pronunciato veramente la parola... che non si può dire? L'hai pronunciata?

- Sì.

- E l'hai detta prima che Eleanor ti scagliasse le pietre?

- Sì.

Padre e figlia ebbero un gesto e un grido represso di trionfo.

- Vede dunque, egregio ingegnere, che se non fossi in casa mia, potrei quasi desiderare da lei, ma non le pretendo, le scuse che lei desiderava da noi...

La dignità britanna non poteva uscirne più illibata. Valeva che io mi difendessi? La innocenza, la colpa si delineano forse nelle pastoie di quattro sì e di quattro no? Tacqui. E da quell'istante mi facevo dell'umana giustizia un concetto chiaro, definitivo, che non s'è mutato più mai.

In carrozza, tra mio padre e mia madre, ripassando sotto il muro del giardino che strapiombava sulla strada, alzai gli occhi con un sussulto, come ad un richiamo, e vidi fra il caprifoglio Eleanor che rideva: con una mano mi faceva le corna, le fiche con l'altra. Non ne soffrii. Pensavo con sollievo che non l'avrei rivista mai più.

Dovevo rivederla invece, quasi vent'anni dopo. La Vita ha inverosimiglianze che ripugnano alla pena, ma è pur forza raccontare le cose che la Realtà ci racconta.

Vent'anni! Il piccolo santo s'è ben persuaso che l'umanità si divide in due categorie esatte: deboli e forti, buoni e malvagi, e che la vita oscilla tra due necessità opposte: percuotere o essere percossi, soffrire o far soffrire. E ha scelto. Il cuore s'è fatto più arido del tuo, o piccola cannibale dell'infanzia remota.

Eleanor!

Già fatto uomo, a venti, a venticinque anni, sovente osservavo, nel radermi, quel piccolo segno sulla gota sinistra e l'onta di quel giorno mi balzava netta alla memoria con l'insanabile veleno delle cose invendicate. Miss Eleanor Goldsmith! Che aveva fatto il tempo di lei? Forse una grande artista (aveva realmente allo studio dell'arpa una selvaggia disposizione), forse la moglie di qualche plutocrate dell'acciaio o del petrolio. E il pensiero di quella felicità impunita mi faceva soffrire come vent'anni prima.

***

Port-Said: città singolare, sorta come per incanto tra l'Asia e l'Africa, sulle sabbie fulve, fra un cielo azzurro di vetrata e un mare di ametista: porta dell'Occidente e dell'Oriente, miscela turbinosa di tutti i suoni, di tutti gli odori, di tutte le tinte: cenci luminosi di donne e di bimbi egizi, bianchezza di barracani; bagliori di uniformi europee, ingiurie, bestemmie arabe, spagnuole, francesi, maltesi, fruscii di sete, melopee arabe, lagni di flauto e di barduca... E strani edifizi a colori vivaci, a terrazzi, a colonnette policrome e svelte. E su tutto, il fiato veemente del mare e del deserto, un profumo d'oleandro e di pesce fritto, di carogna e di essenza di rose.

La nave che ci portava verso il Sud avrebbe sostato due giorni per rifornirsi. Si era approdati da un'ora: io pellegrinavo in quella babilonia col dottore di bordo, famigliare del luogo, tempra d'artista inespresso e di scettico argutissimo. Ci riposammo in un caffè egiziano, strano covo invaso dai venditori di bronzi cesellati e di pelli lavorate, visitato a quando a quando da una capra o da un dromedario, infestato da prosseneti elogianti la merce ad alta voce, in tutte le lingue. Ero stanco e deluso; un liquore troppo forte dava la vertigine malinconica, non l'ebbrezza al mio cervello d'astemio. Passammo in un corridoio a grate intrecciate di convolvuli, riuscimmo in un cortile interno e là fu calma improvvisa. Fra un patium moresco, ampio, luminoso d'acque e di marmi; ricorreva intorno un colonnato a musaici, in mezzo era una vasca protetta da tre palme eccelse, sopra, teso come un velum quadrato, l'azzurro quasi nero del cielo d'Egitto. Presso la vasca un gruppo d'ufficiali europei e di mercanti parsi faceva corona ad un tappeto immenso e sul tappeto, fra una suonatrice nubiana e un flautista arabo, danzavano due mime.

- Le sorelle Tau, egiziane. Arriviamo in buon punto; val la pena di vederle.

Ci sedemmo.

Appena le mime riconobbero il dottore, lo salutarono, pur sempre danzando, con un sorriso della bocca e degli occhi, un sorriso d'intesa fraterna, un po' derisoria.

Un negretto annunciava in inglese le didascalie:

59

- ...Allora le figlie del sacerdote invocano lo sciacallo Anubi...

L'illusione cominciava a prendermi. Il quadretto era oleografico, ma pensavo che era vero. Vere erano sopra tutto le due egiziane, non per il costume simile a quello di una qualunque Iside da operetta, ma per la sveltezza e la grazia insuperabile della persona, per la scienza dei gesti imitati sui bassorilievi, e sulle pitture delle necropoli, e pel viso sopratutto, ovale, olivigno, dagli occhi immensi, chiuso nella cuffia enorme dei capelli azzurri, densi, come scolpiti nel legno...

- Che strano, - dissi al dottore, - hanno veramente gli occhi "senza prospettiva", "senza profilo" come nelle pitture egizie: e io credevo fosse la maniera d'un'arte ancora troppo infantile! È invece un carattere etnico; come si vede l'autenticità della razza!

Il dottore mi cinse affettuosamente le spalle col braccio.

- Infatti una è nativa di Sorrento, l'altra è una marsigliese puro sangue...

- ...?

- Povero amico, ma tutto qui è chincaglieria fabbricata in Europa ed esposta all'esotismo nostalgico e allo snob internazionale. L'Egitto non è mai esistito. Quando questi scimuniti se ne saranno an-dati, pregheremo le due signore di togliersi la parrucca di stoppa azzurra, di farci grazia della danza dello sciacallo Anubi, dello scarabeo Tacki e delle altre citrullerie! La francese sa delle canzoni in argot deliziosissime, l'italiana conosce tutte le cose di Salvatore Di Giacomo...

Tacevo. Dunque quel cortile esotico, quei palmizi sui quali le nubi accese si sfaldavano come fiamme inviate a incendiare una città maledetta, e quel pavone bianco e quella scimmia che presso la vasca tormentava una testuggine dolente, palpandola, voltandola e rivoltandola fra le dita irrequiete, e quelle mime e i tappeti e i musici, tutto era un numero da caffè concerto, uno scenario disposto pel mio sguardo europeo!... E il mio sguardo fu distratto, assorto improvvisamente dalla vecchia nubiana che suonava l'arpa.

Il dottore incrudeliva:

- Non è vecchia, ma non è nubiana: è spagnuola; anzi, è un'inglese sposata ad uno spagnuolo e ritinta al cioccolato, come una comparsa dell'Aida. Un fiore di delinquente; ma è stata una signora autentica: ho conosciuto ad Alessandria il marito che per poco esalava l'anima per una pozione arsenicale; la consorte ha fatto cinque anni di carcere. Poi è capitata a Port-Said, cadendovi come in un pantano. L'ho rivista l'anno scorso all'Ospedale delle Missioni, per la rasoiata d'un facchino arabo: le è rimasto il naso camuso, il che le dà maggior colore locale, ma ha perduto l'ultimo vestigio di giovinezza, l'unica merce che valga. Da un anno è qui, travestita in quel modo, e suona la giarizza: ha una certa abilità: per questo la sfamano...

Io non ascoltavo il dottore. Fissavo quel volto spaventoso sotto l'arco ricurvo dello stromento egizio, che le protendeva sul capo, a maggior contrasto, una sfinge d'oro. Le mani salivano, scendevano lungo le corde come due ali nere, come cose non sue. E il volto era chino in avanti, fra i ginocchi socchiusi. Un volto non descrivibile, deforme, con non so che di mancante all'altezza degli occhi, come se riflesso in uno specchio rotto; la mascella inferiore, non sorretta dalla volontà, s'abbassava; cadeva lasciando aperta la bocca in un abbrutimento supremo. A tratti la sciagurata si scuoteva, chiudeva la bocca, ma le forze l'abbandonavano quasi subito, la mascella si riabbassava lentamente, come nei cadaveri. Quel gioco alterno e gli occhi - occhi di belva ferita a morte - s'impressero nel mio ricordo fra le cose spaventose e bellissime.

***

Ripensavo a quegli occhi giorni dopo, in pieno Mar Rosso, all'altezza del Monte Sinai, mentre tutti i viaggiatori puntavano cannocchiali e binocoli verso la vetta biblica. Passeggiavo col dottore, ma non l'ascoltavo; quegli occhi mi perseguitavano dandomi un brivido di terrore troppo forte che mi incuriosiva, mi inquietava come una musica che non si ritrova, una cifra che non si ricorda... Ad un tratto passò nel buio della mia memoria uno di quei raggi obliqui che tagliano le tenebre d'una stanza chiusa. Mi fermai col respiro e la parola mozza.

- No! No! Mi dica, dottore: quella negra... il nome...

- Señora... señora Vinca De Ycaza.

- Che c'è? Si sente male?

- No! No! Il nome di lei, del padre...

- Non so. Inglese. Ma ecco chi può dirlo.

Sul ponte di comando, sopra di noi, un altro ufficiale passava di corsa. Il dottore si fece portavo-ce con le mani.

- Gribaudi! - L'ufficiale s'arrestò in ascolto. - Gribaudi, il nome di Vinca, Vinca di Port-Said; il nome del padre.

Nell'attimo d'attesa, il cuore mi si arrestò come per una sentenza.

Dall'alto l'ufficiale gridò:

- Goldsmith. Miss Eleanor Goldsmith, - e disparve.

- Dottore, dottore, è lei! È proprio lei! Sono vendicato!

- Ma che c'è? si calmi...

Mi calmai, e raccontai, passeggiando, mentre la nave ci portava sempre più giù, verso i mari del Sud.

Il dottore ascoltava, sorrideva, rideva. Poi ci sedemmo presso una scialuppa di salvataggio, tacendo. Quello scettico delizioso si era fatto serio, quasi triste.

- È strano, anch'io nella vita ho notato questo: che presto o tardi il male si sconta. Qualche volta si sarebbe quasi indotti a credere che un equilibrio, che una morale presieda e vendichi i nostri piccoli casi, si sarebbe quasi indotti a credere che il Bene e il Male siano due valori autentici, che esistano veramente...

61

Sul colle delle Maddalene, dominante Torino, in un cascinale che fu già una villa antica, io sto supplicando, senza speranze, una contadina sorda ad ogni mia lusinga.

Sorda, anche perchè ha compiuto l'altro ieri il settantanovesimo anno.

È bellissima.

Contro l'immensa finestra a telaietti quadri, l'argento dei suoi capelli ondosi scintilla come l'argento delle vette alpine che si profilano alle sue spalle e la bella maschera sembra un volto giovane, modellato in una creta rossigna dove la stecca d'uno scultore maestro abbia segnato poche rughe improvvise; gli occhi di pura turchese hanno un bagliore giovanissimo, ironico, vigilante.

La figlia, la nipote, il nipotino, che sfaccendano nella grande cucina, ridono di me che ho preso le mani della granda e seduto ai suoi piedi sopra uno sgabello basso le ripeto per la decima volta la mia profferta supplichevole:

- Aggiungo dieci lire... ne aggiungo quindici.

La vecchia non ha capito. La nipote s'avvicina, le sillaba forte all'orecchio: "aggiunge quindici li-re". La vecchia esita. Poi s'alza, si volge alle donne con un sorriso ed un sospiro, accennando al pen-dolo e a me:

- Ah, che balengo!

Esulto. Ho sentito in quella contumelia il consenso.

La vecchia incarta in una pagina del nipotino il robert minuscolo, una delizia di bronzo e di smalto, dalla panciuta grazia settecentesca, sfuggito non so come alle razzie degli antiquari. E la mia gioia è tale che quasi non sento che la vecchia canta, certo per consolarsi del distacco da quella cara cosa famigliare, canta con una voce così giovane ed armoniosa che sembra non appartenerle, sembra giungere da un'altra stanza:

La bela madamin la völo maridè,

al Düca di Sassònia i so la völo dè.

Ma come? Si canta, dunque ancora sui nostri colli torinesi La bela madamin, la canzone di Carolina di Savoia? Avevo dovuto occuparmene per certi studi di folklore subalpino, la conoscevo attraverso le versioni del Nigra, ma la credevo un fossile ormai della letteratura popolare e gioisco ascoltandola, sorpreso come il geologo che si veda ad un tratto dinnanzi viva e fresca nella luce del sole la bella specie creduta estinta.

Ed eccomi seduto ancora sullo sgabello basso a trascrivere i versi sul dorso del piccolo pendolo già incartato:

La bela madamin la völo maridè,
che al Düca di Sassònia i so la völo dè.

- O s'a m'è bin pi car ün pover paisan
che 'l Düca di Sassònia ch'a l'è tant luntan!

- Un pover paisan l'è pa del vostr onur!
'l Düca di Sassònia a l'è ün gran signur.

'l re cön la Regina l'an piàla bin për man,
a San Giuan l'an mnàla, en Piassa San Giuan.

- Da già che a l'è cusì, da già ch'a l'è destin,
faruma la girada anturn a tüt Türin.

- Cara la mia cügnà, perchè che piuri tant?
Mi sun venüa da'n Fransa ch'a l'è d'co bin luntan.

- Vui si venüa da'n Fransa, vui si venüa a Türin
in Casa di Savoia, ch'a l'è 'n t'in bel giardin.

- Cara la mia cügnà andè pür volontè,
che drinta a la Sassònia a fa tanto bel stè!

- Cara la mia cügnà tuchè-me'n po' la man:
Tüt lon che v'racomandö s'à l'è la mia maman.

Tuchè-me'n po' la man, me cari sitadin,
Për vive che mi viva vëdrö mai pi Türin!

E sapete chi era la bela madamin? La figlia del re.

- Quale re?

- Il re di Savoia.

- E la cognata? e il duca di Sassonia?

La vecchia, le donne non sanno altro. È forse necessario sapere?

Nulla nuoce alla poesia come la cosa certa, nessuna cosa le è favorevole come la perfetta ignoranza.

***

Esco, scendo verso Torino che traspare in un velario a tre tinte: rosa, viola, verde tagliato dall'argento sinuoso del fiume, dall'argento delicato delle Alpi. Sono felice. Zufolo, canto. Ho sotto il braccio la bella cosa di bronzo. Ho nell'orecchio la bella cosa di parole; e penso che l'una e l'altra risalgono alla stessa epoca circa, sono egualmente antiche: ma quella fatta di parole è più viva, è più fresca di quella fatta di metallo...

La bela madamin! la principessa Maria Carolina Antonietta di Savoia, figlia di Vittorio Amedeo III, sposata per procura del fratello Carlo Emanuele al principe Antonio Clemente, duca di Sassonia... Io so tutto di lei e della sua vita candida e breve: conosco date, nomi, episodi, cifre. Mi guarderò bene dal ricordarli in quest'ora di poesia.

E ancora una volta chiederò al sogno, al sogno soltanto la cosa impossibile a tutti (anche impossibile a Dio) di resuscitare il passato.

***

Ed ecco la Torino d'oggi scompare.

Scendo al piano. Dove sono? Non riconosco più il sobborgo oltre Po, non ritrovo il tempio della Gran Madre. Sono perduto in un bosco selvaggio ed arcaico; anche le piante hanno uno stile, anche le nubi; queste nubi, queste querce, questi olmi che confondono la ramaglia in alto formando un corridoio sulla strada mal tenuta e disagevole, non sono alberi dei nostri giorni, imitano troppo bene i gobelins e gli arazzi...

M'orizzonto. Vedo a sinistra sulla verzura selvaggia il Monte dei Cappuccini, a destra la Basilica di Superga - Superga: siamo dunque dopo la metà del 1700. Cammino lungo il fiume: è bene il Po, lo sento: ma senz'argini, primitivo, d'altri tempi esso pure... E Torino? Mi prende il brivido pauroso dei sogni quando si vedono le cose familiari stranamente deformate dall'incubo.

Ecco la città. Torino?

Sulla sponda opposta s'innalza un baluardo di mattoni sanguigni coronato di granito; si svolge ora in volute, ora a spigoli acuti, con feritoie, casematte, cannoni, e al di là del baluardo emergono i tetti, le cupole, i campanili, le torri... Ma Torino? Sì. La cupola della Metropolitana, il campanile di San Lorenzo, i Santi Martiri... Ma quale spaventosa malinconia! Sembra una di quelle città minuscole e fosche che le sante protendono nella palma della mano...

Ho paura in questo regno del non essere più; gli spettri delle cose sono più terribili che gli spettri delle persone.

64

Ma ecco persone, ecco uomini: soldati: un drappello brigata Aosta; sembrano vivi: uose bianche, panciotto rosso, giubba azzurra, tricorno azzurro orlato di giallo civettuolamente rialzato dalla parte della coccarda bianca; e sotto la parrucca candida i sopraccigli, gli occhi, i mustacchi appaiono più neri e più imperiosi. Li seguo sino al ponte; strano ponte metà in legno, metà sospeso su due vecchie arcate diroccate: gracile, malfermo, pittoresco come un motivo fiammingo. Passano contadini nel costume di Gianduia, passa una berlina con due abati dal cappello immenso, alla Don Basilio; passa un saltimbanco con una carrozzella ed una scimmia.

Ecco una porta dalla favolosa architettura barocca: Porta Padana: la Porta di Po! Troverò dunque Piazza Vittorio. Entro, ma Piazza Vittorio non esiste più, non esiste ancora. La città comincia dove termina oggi Via Po. Ecco Via Po finalmente! Ha i suoi portici d'oggi, i suoi palazzi, i suoi balconcini, in ferro battuto, ma è deformata da non so che, le manca non so che cosa; forse l'assenza di lastrico, di selciato, di rotaie, e la Dora, quel ruscello che scorre nel mezzo, e la scarsità, la povertà dei negozi le danno quell'aspetto sinistro di fame e di pestilenza. Eppure è rallegrata con grandi archi trionfali di tela e di legno a figure allegoriche barocche, recanti nel mezzo l'anagramma in corsivo sotto lo stemma sabaudo; e la folla è fittissima e gaia; Gianduia e Giromette; contadini che affluiscono alla città, in questo giorno, senza dubbio solenne, borghesi, gentiluomini, soldati a piedi e a cavallo, balenìo d'occhi e di denti, corrugare di labbra e di sopracciglia, rozze parrucche plebee, nere o castane, parrucche di patrizi argentee, calamistrate, guizzare di polpacci muscolosi o smilzi nelle calze di cotone o di seta, di Gianduia o di un marchese, berline e portantine donde traspare il rosso del belletto, il nero artificioso dei nèi, una bocca che ride, una mano che agita un ventaglio, o che accarezza un cagnolino cinese.

Interrogo un soldato: non mi risponde; un contadino: nemmeno si volge; un abate: non mi guarda, non batte ciglio. E allora m'accorgo d'una cosa inaudita e terribile: sono ombre (o l'ombra sono io?) divise da me dal mistero del non essere più, del non essere ancora. Vedo e non son veduto, sento e non sono sentito... Intorno si parla francese o un piemontese arcaico molto serrato nella erre infranciosata o l'italiano pesante dei libri stampati; così dinnanzi a me un tal conte Dellala di Beinasco e un tal cavaliere Mattè macchinista deplorano "...la fatal pioggia importuna che ieri sera nocque al fontionamento della macchina dei fuochi artefitiali di gioia, a cascatelle e figure molto vaghe e dilettevoli, onde l'ornatissima madama giovinetta volle trarre nefasto presagio...".

E poco oltre all'angolo di Via San Francesco da Paola uno scrivano pubblico legge ad alta voce un affisso del muro ad un gruppo di analfabeti riverenti: "...Prima della partenza il Nuziale Corteggio attraverserà la città di Torino uscendo di Palazzo a Piazza San Giovanni per Via Dora Grossa, Piazza Castello, Via Nuova, Porta Nuova, Porta di Po, volendo il Re e la Regina assecondare così la pubblica brama di vedere ancora una volta in essa l'Amata Augusta Figliuola..."

"29 Settembre dell'anno 1781".

Leggo anch'io la lista delle "sontuose Nutiali allegrezze per l'eccelso maritaggio, ecc., di Madama Carolina con il Duca di Sassonia rappresentato per procura dal fratello della sposa. Ieri al Castello di Moncalieri ebbero luogo le nozze. Oggi la nuova Duchessa di Sassonia partirà per Dresda e farà per Torino un ultimo giro d'addio".

...Da già ch'a l'è cusì, da già ch'a l'è destin

faruma la girada anturn a tüt Türin...

La bela Carulina... la bela madamin... Si parlava intorno, a mezza voce, di non so che scandalo provocato ieri dalla sposa sedicenne nell'ora solenne del sì.

- Oh, marchese, ieri si sperava di vederla a Moncalieri.

- Non ho ricevuta la carta d'accoglienza.

- Ma non è possibile!

- Proprio così, Monsignore. Ho già fatte le mie rimostranze al Gran Cerimoniere... Erano in molti?

- Non molti. Forse cento invitati. Il Re, la Regina, la Principessa Carlotta di Carignano, il Cardinale Marcolini, il Principe di Salm Salm, i Vescovi, i Cavalieri dell'Ordine, il Principe di Masserano, i Ministri di Stato, il Capitano delle Guardie del Corpo, il Governatore del Principe, il Mastro di Cerimonia, gl'Introduttori, i Sotto Introduttori degli Ambasciatori.

- E gli sposi?

- Non erano allegri. Già, l'idea del distacco per sempre. E poi una bimba di non ancora sedici anni sposata da un fratello per un Principe che non ha veduto mai...

- Ha smaniato?

- No, no. Ha significato come dire la sua rassegnazione. Nel momento del sì ha capito che si decretava l'esilio, l'esilio per sempre in quella Sassonia che deve apparirle come l'estrema Tule.

- Ma non ha smaniato?

- Affatto; fu un attimo. Il Grande Elemosiniere del Re uscì pontificalmente dalla sacrestia e dopo essersi inginocchiato all'altare ed inchinato al Re e alla Regina, fece agli sposi la consueta interrogazione. Il Principe di Piemonte rispose immantinente; ma la Principessa fu vista impallidire, alzarsi, vacillare, volgersi smarrita verso i genitori inginocchiati alle sue spalle; lo sguardo di Sua Maestà la dominò, la piegò, la fece inginocchiare, prorompere non in uno ma in tre sì consecutivi che fecero ridere tutta la Corte... Sia detto tra noi, Monsignore, io non vorrei essere oggi nei panni del Conte Lamarmora.

- Perchè?

- Perchè s'è presa tutta la responsabilità di fronte al Re di questa gita d'addio per compiacere la Regina e la Principessa. Lei sa che ancora sabato scorso era stabilito che subito dopo le nozze il corteo, accompagnato dall'ambasciatore della Corte Elettorale di Dresda, proseguisse, direttamente da Moncalieri senza soffermarsi a Torino e raggiungesse Augusta dove i Commissari del Re di Savoia avrebbero consegnata la sposa ai Commissari del Duca di Sassonia. Sarebbe stato il partito migliore. Ma la Principessa, povera bimba, cerca ogni pretesto per prolungare di un'ora la sua partenza. Ha supplicato, ha smaniato per passare a Torino un giorno ancora e la Regina ha avuto l'idea di una passeggiata d'addio per la città con relativa esposizione della Santissima Sindone alla Galleria di Piazza Castello. Il Re ha resistito, poi ha concesso, previa responsabilità del Conte Lamarmora intercessore, per evitare ogni guaio. Lei sa quanto Sua Maestà sia alieno da scandali. Non vorrei essere cattivo profeta, ma non mi stupirei che la Principessa Carolina desse in convulsioni nel bel mezzo di Piazza Castello o di Via Dora Grossa. Ieri al ballo di gala aveva gli occhi di un'allucinata...

- Povra masnà!

Siamo in Piazza del Castello, la Piazza Castello settecentesca quasi simile a quella d'oggi e pure tanto diversa. La illumina un sole non vero: il sole che illumina le vecchie stampe e le cose che si raccontano... Due gallerie di stile barocco si prolungano ai lati di Palazzo Madama dividendo la Piazza per metà; e l'assenza di lastrico e di rotaie, di globi elettrici e d'intrico metallico, d'insegne e di grida murali, le dànno un aspetto spoglio di cosa morta... Come noi moderni si vive di questo!

Una folla immensa si riversa dai Portici della Fiera, strana folla disposta, accoppiata dalle incisioni in rame e dalle stoviglie di Savona (non l'arte imita la vita, ma la vita l'arte; le cose non esistono se prima non le rivelano gli artisti) e v'è la berlina dai quattro cavalli recalcitranti raffrenati dal postiglione; v'è la portantina ducale, il servo che conduce il cane al guinzaglio, i due abati che s'incontrano e si stringono la mano, la madre che ammonisce il bambino, i comici nella loro baracca, il cerretano che vende l'elisir di lunga vita, la sibilla che predice le sorti. E la folla è disposta secondo il gusto convenuto che importarono in Piemonte i pittori fiamminghi e sulla folla ondeggia con un ritmo vago, insistente, la canzone del giorno.

Ma oltre Palazzo Madama, che preclude la vista dell'altra metà della Piazza, s'alza un mormorìo diverso, una melodia liturgica e solenne e l'aria si vela di nubi candide e odora acutamente d'incenso. M'apro il passo per un varco dei Portici e resto immobile, rapito dal quadro più solenne che la fede intatta abbia offerto mai ad occhi mortali. Tutta la Piazza fluttua d'una moltitudine indescrivibile ed è convertita in un tempio che ha per cupola il cielo. In fondo s'eleva la loggia che divide Piazza Castello dalla Piazza del Palazzo Reale ed ogni arcata è occupata da un vescovo officiante. Dall'arcata centrale, protetta da un baldacchino vermiglio pende ben tesa la Santissima Sindone, la reliquia esposta alla folla per poche ore, il tesoro unico sulla terra, quel sudario nel quale Giuseppe D'Arimatea avvolgeva il corpo del Redentore deposto dalla Croce. E mille labbra cantano il Te Deum, e mille occhi fissano la duplice immagine del Corpo Divino. Dal mattino si officia di continuo all'aria aperta nella luce del sole; tutto il popolo prega ad alta voce per la giovinetta sabauda che partirà tra poche ore per la terra lontana. Tra i colonnati barocchi dell'alta loggia scintillano le mitre vescovili, spiccano i damaschi e le sete, le porpore, gli zibellini: è adunato tutto l'alto Clero della Metropolitana, i Cavalieri dei SS. Maurizio e Lazzaro, i cavalieri della SS. Annunziata, i Canonici, i Diaconi, i Mazzieri, i Caudatari, i Sindaci, i Decurioni...

Ma la bela madamin della canzone?

Il baldacchino reale è deserto. La Corte s'è ritirata da poco per le ultime cerimonie di Palazzo e le udienze di congedo.

La bela madamin!... Voglio vederla...

Entro nella Reggia. Oimè, non è facile nemmeno per un puro spirito invisibile e imponderabile, non è facile trovare una principessa nella sua vasta dimora. Seguo il grande atrio a sinistra, salgo, scendo, mi smarrisco, riesco nella Cappella del SS. Sudario, salgo lungo la grande scala di marmo nero alla sala degli Svizzeri, attraverso la sala degli Staffieri, la sala dei Paggi, la sala del Trono, la sala delle Udienze, la sala del Gran Consiglio. Dame e cavalieri - i più bei nomi della nobiltà Subalpina - quelli che oggi sopravvivono soltanto nelle tele delle pareti, vengono, vanno, ridono, parlano, con le loro labbra di carne...

Ma la bela madamin?... dov'è? dov'è il delicato fantasma delle mie allucinazioni? Attraverso la lunga Galleria del Danieli passo sotto i cieli favolosi del pittore secentesco; fra lo scintillìo cristallino degli immensi lampadari avanzo, apro una porta socchiusa. Odo una voce. La bela madamin. No. Non è lei. Allibisco.

In mezzo alla sala appoggiato al tavolo di lavoro con le braccia conserte, sta S. M. il Re Vittorio Amedeo III, già vestito di gala, terribilmente rassomigliante al ritratto del Dogliotti, alle incisioni del Rinaudi, il profilo diritto non raddolcito dalla parrucca bianca, il collare dell'Annunziata, i nastri, le croci, le medaglie disposte in bell'ordine sulla corazza troppo corruscante di pacifico guerriero sette-centesco, la porpora crociata di bianco del mantello cesareo avvolta con una linea romana illanguidi-ta un poco dalle grazie di Watteau. Sua Maestà rilegge una lettera; la carta pergamenata gli garrisce tra i pollici nervosi scossi dal tremito. E non ascolta il Conte Lamarmora che gli legge le modalità del viaggio ben previste in protocollo ufficiale da deporsi nell'Archivio di Stato secondo che l'uso di Corte comanda; "da Vercelli a Milano, da Milano a Roveredo a Innsbruck, dove conteremo di giun-gere il sabato prossimo. Saranno nel corteggio della Duchessa Carolina il Marchese di Bianzè, suo primo Scudiere e Cavaliere d'onore, l'Uditore Borsetti, Segretario di Stato, la Marchesa di Cinzano, Dama d'onore, la Contessa di Salmour e la Marchesa di Verolengo, Dame di Palazzo"...

- E souma inteis, e souma inteis - interrompe il Sovrano con un gesto che ammutolisce e licenzia il Conte Lamarmora.

- Ca fassa chiel; ma dsôura a tüt gnüne masnôiade, gnün tapage an facia a la pôpôlassiôn...

Oh il mio dolce dialetto così vivo fra tante cose morte, adorato più di qualunque parlare, più dell'italiano (adoratissimo!), l'italiano, estraneo alla mia intima sostanza di Subalpino, appreso tardi con grande amore e con grande fatica come una lingua non mia, il mio dolce parlare torinese, l'unico nel quale penso e l'unico che mi giunga al cuore suscitandovi schietto il riso ed il pianto, il mio dolce torinese sulle labbra d'un re di Savoia, quando il Piemonte era ancora una leggiadra provincia della Francia e l'Italia non era: quale, quale commozione che non so dire!

- E souma inteis - conclude Sua Maestà senza alzare gli occhi dalla lettera.

E la lettera è del genero lontano, Antonio Clemente Duca di Sassonia, è dello sconosciuto signore che attende in terra barbarica la giovinetta soave. Dice: "...il en coûtera sans doute à la sensibilité de Madame la Princesse de s'éloigner de ses illustres parents et d'une famille qui doit lui être chère, mais je mettrai tant d'attention à faire diversion à ses soucis et à m'attirer sa confiance et sen estime que je me flatte de lui adoucir l'amertume de cette séparation...".

***

Ma la bela madamin?

Passo nel Gabinetto Cinese, attraverso le sale di raso cilestre, cremisi, salice, fragola, canarino, dell'appartamento della Regina, sosto nel corridoio persiano ad ascoltare i commenti di due Dame: "Un amore! un amore!". Si parla di lei; è dunque vicina. Eccomi nel Gabinetto delle Miniature nella Galleria Pompeiana; un profumo acutissimo m'annuncia il penetrale del fiore riposto. E sulla soglia sosto abbagliato dinnanzi alla più delicata interpretazione vivente che mai sia stata fatta de la toilette de la Mariée.

Maria Carolina Antonietta di Savoia Duchessa di Sassonia è in piedi tra le sue cameriere chine o ginocchioni intente all'opera delicata. La cognata, che presiede da parigina esperta, le ha tolto lo specchio di mano:

- Ti vedrai dopo, mignonne, quand le rêve sera achevé.

Maria Carolina è una visione abbagliante di neve e d'argento.

Bianco il ciuffo di penne che le adorna l'alta acconciatura incipriata, bianco il viso passato alla cerussa bianca, la veste di raso splendente dal guardinfante mostruoso, bianche le scarpette, le ghirlande, il cagnolino, il ventaglio. In tanto candore spicca il rosso delle labbra e delle gote, il nero degli occhi e dei sopraccigli. La cognata stessa Adelaide di Francia, nipote di Luigi XV, ha dipinto il volto della bimba diciottenne secondo che l'ultimo dettame di Parigi consiglia: le ha cancellato col cosmetico i delicati sopraccigli biondi e due altri ne ha disegnato a mezzo della fronte, nerissimi, arcuati, imperiosi. Molto s'è discusso sull'acconciatura; il parrucchiere di Corte, De Regault, voleva riprodurre con gl'immensi capelli biondi il Palazzo Madama o la galera capitana degli Stati Sardi; ma la Regina, la Principessa, si sono opposte e l'artista ha costrutto con la chioma densa un edificio a tre piani coronato da un nido dove una colomba cova, teneramente assistita dal compagno.

- Ravissante! Ravissante! - mormora la cognata che le sta alle spalle puntandole di sua mano un fiore o una piega del guardinfante.

Ma ad un tratto vede le gracili spalle adolescenti scosse da un sussulto, si china, guarda: il volto dipinto con tanta cura è inondato di pianto.

- Ah, mon Dieu, tu vas te ravager! ma per carità! Vieni, vieni a vederti e non piangerai più.

Prende la sposa per mano, la conduce dinnanzi al grande specchio ovale della parete. Le lacrime s'arrestano d'improvviso. La bimba, che ieri ancora giocava alle dame in visita, sbigottisce d'essere oggi una dama davvero e non pensava di vedersi così bella. Sorride tra gli ultimi singhiozzi, sorride a se stessa, alla cognata, alle cameriere, cancella col batuffolo della polvere l'ultima traccia di lagrime.

- Sua Maestà la Regina! - annunzia un servo.

Camerieri, parrucchieri, servi balzano in piedi, rigidi, addossati alle pareti.

La madre sosta sulla soglia, sorride, tende le braccia alla figlia, l'abbraccia, la bacia, ma con delicatezza trepidante, come si odora un fiore troppo fragile.

- Un rêve, vraiment un rêve!

***

...Da già ch'a l'è cusì, da già ch'a l'è destin

faruma la girada anturn a tüt Türin...

Oh, l'interminabile fila di berline, le berline di Casa Reale simili ad altissimi triangoli capovolti, sculpite, dorate, sovraccariche di tutta la mitologia e di tutto il simbolismo pazzesco del barocco; co-sì goffe ed aggraziate, così snelle e tozze ad un tempo! Berline a quattro, a sei, a dieci cavalli gual-drappati, frangiati, impennacchiati, con non altro di libero che le zampe e la coda prolissa, cocchieri e staffieri a codino rigidi come automi tolti da un armadio centenario!... Il corteo fantastico si svolge interminabile come in una fiaba dei Perrault, ma non reca il marchese di Carabattole, non il gatto da-gli stivali, non Cenerentola fatta regina, ma tutte le belle dame della nobiltà subalpina, la Marchesa di San Damiano, la Marchesa d'Ormea, la Contessa Morozzo, la Contessa Della Rocca, la Marchesa di San Germano, la Marchesa di Cinzano, la Contessa di Salmour, la Marchesa di Verolengo... E fra tutte, bellissima, come la Principessa della favola, come la Figlia del Re, leggendaria, è la sposa tutta bianca, tutta d'argento...

- La bela Carôlin!

La folla che stipa Piazza Castello, i portici, i colonnati, che brulica sugli alberi, sulle ringhiere, sui tetti, acclama la sposa con un fremito che parte dal cuore. Il popolo ama quell'ultimogenita del Re, l'ama come una delicata bimbetta sua, la bela Carôlin è popolare ovunque, dai parchi della Venaria ai parchi del Valentino, dai bastioni della Cittadella ai bastioni della Dora, dove non sdegna di inter-rompere i suoi giochi per rivolgere la parola a un giardiniere che pota, a una lavandaia che piange.

- Madama Carôlin! la bela Carôlin!

Mai il popolo ha sentito così forte la sua tenerezza commossa come in quest'ora dell'ultimo addio. Il bel fiore sabaudo sta per essere còlto da altre mani per un giardino d'oltr'Alpe.

...Da già ch'a l'è cusì, da già ch'a l'è destin

faruma la girada anturn a tüt Türin...

Il lungo corteo d'equipaggi passa da Via Dora Grossa a Porta Segusina, da Porta Segusina ai ba-stioni della Cittadella. Sono quivi schierate tutte le truppe: spiccano i Granatieri e i Guastatori dalla veste di scarlatto guarnita d'argento, con cappotto frangiato e banda intarsiata pure d'argento e d'az-zurro, spicca la Compagnia Colonnella con le Corporazioni dei Mercanti e dei Droghieri a divise vi-vacissime. Lungo Via Santa Teresa e Piazza San Carlo, lungo Via Nuova, sono tutti gli altri Corpi della città: gli studenti della Regia Università col loro Sindaco, i Cavalieri dell'Ordine della SS. An-nunziata e dell'Ordine dei SS. Maurizio e Lazzaro. Tutti formano tra la folla varia un disegno ordina-to a colori vivacissimi dove il corteo passa come tra una doppia siepe di divise smaglianti. La sposa diciassettenne non ha mai visto tanto fasto nella sua vita breve e raccolta e pensa che tutta quella gioia di colori e di suoni è per lei e s'alza e batte le mani come ad un bel gioco. Dai bastioni della Cit-tadella

70

ai bastioni di Po rombano i cannoni di salve, strepitano i mortai e i mortaretti, accompagnan-do senza tregua con un rombo guerresco il clangore esultante di tutte le campane di tutte le chiese: la Metropolitana, Santa Teresa, la Consolata, i Santi Martiri Tebei, tutti i provincialeschi templi torinesi.

Il corteo regale s'avanza. Dame, cavalieri gettano di continuo a piene mani le dragées nuziali, i grossi confetti settecenteschi detti giüraje. E la folla s'accalca, fluttua, acclama. La sposa protende le mani e mille mani si protendono affettuose in una stretta d'ultimo addio.

- La bela Carôlin!

La piazza San Carlo è convertita in una sala immensa: "sta una tavola ivi disposta la quale fa ve-dere un corpo di bacili di confetti canditi e di molte sorta di paste zuccherate e frutti molto lontani dalla stagione. I bacili suddetti, guarniti a piramidi nella sommità dei quali vagamente pompeggiano stendardi con armi e cifre, il tutto regalato di fiori con una piramide sostenuta da quattro tori argentati carichi di confetture. Per finimento godono le Altezze Reali dell'apparato più con gli occhi che con la bocca e prendono gran piacere in vedere a dare il sacco di detta tavola e dare la scalata alla piramide fruttata e inzuccherata".

La sposa giovinetta ride a quel gioco, ride fino alle lagrime della folla che corre, sale, rotola, schiamazza. La sposa ha tutto dimenticato e pensa che la vita prosegua così in un corteo dorato e infiorato tra una moltitudine gaia e plaudente. L'allegrezza dell'ora è per lei come quell'orlo di miele che si mette sul calice della medicina troppo amara.

Fuori di Porta Nuova la folla si estende fino al Parco del Valentino. Dinnanzi al Castello, "passatempo delle Dame", il corteo si ferma ancora una volta per un altro rinfresco e per ricevere il complimento del poeta Pancrazio da Bra, arcade di bella fama nell'Accademia degli Incolti. S'avanza costui in sembianza del fiume Po, seminudo, con manto di drappo d'oro e capelli a guisa d'alga ed è seguito dalla Dora fanciulla vestita a guisa di ninfa con le chiome sparse e incominciano un dialogo in versi dove il Po dimostra alla Dora sconsolata per la dipartita della Principessa la necessità che lo splendore della Casa Sabauda s'estenda oltre ogni confine...

Di che bell'astro il nostro ciel si priva!

La bela Carôlin s'annoia mortalmente alle interminabili ottave accademiche, sbadiglia, s'abbuia, guarda altrove, s'alza impaziente, invano trattenuta dalla madre e dalla cognata. E l'amarezza del distacco, la realtà dell'ora triste la riprendono ancora e le stringono il cuore distratto per poco... Il suo volto si vela d'angoscia quando il corteo riesce alla Porta di Po. Là sotto le arcate imbandierate e infiorate attendono le quattro berline di viaggio sulle quali bisogna salire fra pochi secondi; non più graziose berline dorate, ma grandi carrozze fosche e disadorne.

Il corteo s'arresta presso la Porta. Bisogna scendere con la Marchesa di Cinzano, con la Contessa di Salmour, con il Marchese di Bianzé, bisogna passare con i compagni di viaggio nei tristi veicoli non più di gala. Un tappeto infiorato segna il breve percorso...

Ma la bela Carôlin, che tormenta da mezz'ora la mano della Regina, s'è ora afferrata al braccio di lei e quando il Conte Lamarmora apre lo sportello e l'invita a scendere, la piccola si getta al collo del-la madre, disperata, folle. Il fratello è costretto a sciogliere le braccia di lei a forza come si spezza una catena; a forza la fanno scendere, le fanno attraversare il breve spazio giuncato di fiori, reggendola alle spalle, costringendola al passo, portandola quasi di peso nella carrozza da viaggio. E là dentro la bimba si vede perduta.

- Maman! maman! - grida protendendosi dagli sportelli mentre le quattro carrozze s'aprono il varco tra la folla. - Maman! maman!

Oimè, la madre, gli amici restano indietro, ritornano nelle berline dorate verso la Reggia, ch'ella ha dovuto lasciare per sempre. Allora la piccola è presa dal panico folle come chi è trascinato alla morte. Ha di fronte la severa Marchesa di Salmour, l'arcigno Ambasciatore di Sassonia. Si vede sola, perduta, si protende forsennata verso la folla invocando soccorso.

- Maman! maman!

E nella folla l'hanno udita le madri: molte donne s'accalcano tra le ruote, impediscono quasi alle carrozze di procedere, stringono le piccole bianche mani convulse.

- Povra masnà!

- Che Dio at giüta!

- Fate courâge!

- Arvëdse ancoura!

- Arvëdse prest!

Ma i cocchieri sferzano i cavalli: il convoglio s'affretta, fende la folla, procede di corsa, è sul pon-te, è oltre il fiume, dispare...

***

Il Duca di Sassonia fu ottimo sposo per la bela Carôlin.

Il 17 marzo scriveva alla Regina ringraziandola del dato consenso e della conseguita felicità. "Aussi tous mes désirs ne tendront-ils qu'à me rendre dighe des bontés d'une princesse qui réunit aux charmes de la plus aimable figure, toutes les vertus de ses augustes parents".

Il 28 dicembre 1782 la bela Carôlin moriva in Dresda, poco più di un anno dopo le nozze e a di-ciannove anni non ancora compiuti.

Tuchè-me'n po' la man, me cari sitadin,

Për vive che mi viva vëdrö mai pi Türin!

LA MARCHESA DI CAVOUR

Giovanna Maria di Trecesson, Marchesa di Cavour... Nome che lascia perfettamente indifferenti le nostre signore d'oggi e le fa anzi temere una tediosa rievocazione storica... Nome che faceva invece sussultare di curiosità le signore di tre secoli or sono, nei salotti della Torino secentesca.

Ed io vedo presso una grande finestra prospiciente via Dora Grossa, in sull'imbrunire d'un giorno del 1668, alcune Madame raccolte in un gaietto stuolo: la Contessa di Bouteron, la Marchesa di Pianezza e le sue figliuole gemelle, la Contessa di Saint-Jean, la Contessa di Verrua, Madame d'Olivier, ambasciatrice straordinaria e ordinaria di Francia, con la nipote e il nipotino, accogliere fra alte grida di gioia lusinghiera il giovane abate Conte di Verolengo:

- Benvenuto, Monsignore!

- Ci si annoiava terribilmente!

- E per consolarci ma fille nous agaçait avec les aventures de Télémaque.

- Meglio Bertoldo e Bertoldino!...

- Che novità, Monsignore?

- Siete stato dalla Duchessa?

- Sono stato dalla Duchessa; sono giunto mentre Sua Altezza e la Marchesa di Cavour...

Una balenìo d'occhi e di denti, un corrugare di sopraccigli e di labbra, corre nella penombra elegante.

- Scusate, Monsignore - è la padrona di casa che parla - Ortensia, accompagna Cristina e Maria Adelaide e Serafino a vedere la pauvre Gigette: è l'ora del miele orzato.

Gigette è la canina cinese: sofferente di intestini ribelli e bisognosa di serviziali e di lassativi quotidiani.

Le Madame si sono appena liberate dalle Madamigelle che tutte fanno cerchio all'abate sorridente. Il nome della concubina regale ha suscitato in tutte il demone della curiosità.

- Ebbene? La Duchessa si è accorta di qualche cosa?

- Avanti!

- Ci avete promesso...

- Io non ho promesso nulla. Siete voi che non mi lasciate parlare. Oggi sono giunto a Palazzo mentre la Duchessa e la Marchesa di Cavour...

- Ebbene?

- Si salutavano, abbracciandosi sorridendo...

Delusione generale, indignazione generale.

- Ma non è possibile!

- Non è possibile che la Duchessa non sappia!

- La Duchessa sa. E per questo abbraccia la Marchesa teneramente, per dare alla rivale la fiducia più temeraria e spingerla all'ultima imprudenza.

- Più imprudente di così! L'altro giorno al parco del Valentino, mentre il dottor Operti di Bra recitava a Sua Altezza il complimento dell'Accademia degli Incolti, la Marchesa, che s'annoiava terribilmente, sbadigliò dieci volte, poi s'alzò, passò villanamente dinnanzi a Sua Altezza e alle Dame lasciando il consesso contro ogni etichetta del bel costume.

- È vero! Io ero presso una delle finestre che dànno sul Po e vidi la Marchesa scendere le scale, accennare la barca reale dov'erano il Duca, il Conte Rebaudengo e un barcaiuolo e vidi la barca avvicinarsi e la Marchesa balzarvi dentro, e come il Duca le diede aiuto, essa, nel barcollìo, s'abbracciò a lui ridendo, lo tenne stretto assai più del necessario, e il Duca rideva e ridevano il Conte Rebaudengo e il barcaiolo.

- E la sconvenienza del giugno scorso, al Castello di Rivoli? Questa, peggio ancora, in faccia alla Duchessa, alla Corte intera, quasi a sfidare la tolleranza di tutte noi. Non ebbe, quella svergognata, la sfrontatezza di salire su un albero di ciliege e di chiamare Sua Maestà con nessuna riverenza e pregarlo di tenderle il cappello mentr'ella lo colmava di ciliege e ne mangiava intanto e schizzava i noccioli dall'alto, bersagliando con motti le dame e i cavalieri?

- Ebbe poi l'inaudita impudicizia di presentarsi alla Duchessa, di offrirle le ciliege nel tricorno di suo marito e la Duchessa sorrideva tranquilla, sembrava non vedere, non sentire.

- Ma vede, sente, medita, state sicure!

- E soffre. La sotto-governante, ieri, passando nei gabinetti di toeletta, la vide riflessa in uno specchio con sulle ginocchia il principino, mentre baciava i capelli del piccolo e piangeva.

- Ma Sua Altezza il Duca! Come ha potuto posporre una bella sposa di vent'anni a quella svergognata che ne ha trentacinque?

- Trentotto!

- Quaranta!

- Quarantaquattro!

- Signore mie, un momento - interrompe l'abate, che tace sconfitto da qualche tempo. - La verità prima di tutto. Io ho sposata la Marchesa, ho visto il suo atto di nascita. Ha ventott'anni, non ancora compiuti.

- Peggio ancora!

- Che disastro! Il belletto non le aderisce alla pelle, le traccia un solco tra ruga e ruga...

- Alla luce del giorno è uno sfacelo...

- E non alla luce del giorno soltanto!

E le belle madame incrudeliscono e ognuna trova un commento più atroce, ognuna scaglia anatemi e invoca il castigo umano e divino sulla svergonata Marchesa, con veemenza tanto più forte in quanto che ognuna di quelle Dame vorrebbe essere in cuor suo nei panni della concubina famosa...

Oh! Malinconica Torino del seicento, più triste ancora della Torino settecentesca, così triste che io non so immaginarla alla luce del sole, ma la vedo in una perpetua mezz'ombra crepuscolare, nella sua meschinità quasi ancora medioevale, con le sue mura, le sue torri, le sue porte, con la sua piazza del Castello dagli edifici miseri e grigi che ancora attendono di fiorire al genio architettonico di Filippo Juvara!

Come trascorreva la vita in quel Palazzo reale che Carlo Emanuele aveva fatto erigere pochi anni prima, squallido edificio ancora ben lungi dall'imponente eleganza e dalla ricchezza che gli conferirono poi Amedeo II e Carlo Emanuele III?

In pace trascorreva la vita, da quasi un trentennio, dopo la tremenda guerra civile del 1640. Una grande figura di donna, ormai sessantenne, vi profilava la sua ombra grandiosa: Madama Reale, quella Cristina di Francia che, rimasta vedova di Vittorio Amedeo I, per salvare gli Stati al figlio giovinetto Carlo Emanuele II non aveva esitato a muover guerra ai cognati Principe Tommaso e Cardinale Maurizio, non aveva esitato a fare la cosa inaudita nella storia delle guerre civili, uscire per assediare la sua città bene amata, costringere i suoi cari torinesi alla fame, forzarli, dopo cinque mesi d'assedio atroce, alla resa; e nel 1640 la città s'arrendeva e la Duchessa vittoriosa (cosa commovente e tragica!) rientrava nella sua Torino vestita a lutto per la vittoria riportata contro i suoi sudditi.

Quasi un trentennio era trascorso. Carlo Emanuele II si era fatto uomo, aveva preso dalle mani della madre lo scettro luttuoso, si era rivelato, a poco a poco, degno nipote di Emanuele Filiberto e degno di esser chiamato l'Adriano del Piemonte.

Il Piemonte rifioriva. La Francia esercitava sopra Torino, non per diritto, ma per fatto, un supremo dominio, ma la dipendenza era velata da speciose ragioni di protezione, d'amicizia, di parentela. Si preparavano in silenzio i giorni ribelli e gloriosi di Vittorio Amedeo II.

Ma l'influenza della Francia non era soltanto politica, si faceva sentire nell'arte e nei costumi. La Corte torinese era improntata a quella di Parigi e certo sul bell'esempio dei Re Luigi qualche sovrano di Piemonte si concedeva il lusso di qualche favorita.

Su Carlo Emanuele II non avevano tuttavia influito nè l'esempio dei cugini d'oltr'Alpe, nè l'ele-ganza della Senna, delle Grazie madre; la sua vita coniugale non lieta, e non per colpa sua, l'aveva costretto a cercarsi altrove altre consolazioni. Le sue prime nozze con quella dolce Francesca d'Or-léans, chiamata, per la sua bellezza e la sua grazia, minuscola Colombina d'Amore, nozze felici quant'altre mai, erano state troncate dopo un anno appena dalla feral Parca maligna, come canta un accademico del tempo. E il giovane sovrano aveva consolata la sua vedovanza con varie dame: Ga-briella di Mesme di Marolles, moglie del Conte Lanza (sono pettegolezzi di tre secoli, resi pubblici da cento monografie; non è quindi... indelicatezza far nomi, date, episodi), dalla quale ebbe due fi-gli: Carlo Francesco Agostino, Conte delle Lanze e di Vinovo, e Carlo detto il Cavalier Carlino. Ma Gabriella di Mesme fu congedata ben tosto per Giovanna Maria di Trecesson, Marchesa di Cavour. Il Duca ebbe da lei un figlio: don Giuseppe di Trecesson che fu Abate di Sixt in Savoia e poi di Lu-cedio in Piemonte, e due figlie: Cristina e Luisa Adelaide.

La ragion di Stato, anzi l'amorosa ragion di Stato, come canta un altro accademico cortigiano, co-strinse Carlo Emanuele II a passare a seconde nozze con Giovanna Maria di Savoia Nemours. Il Du-ca con questo maritaggio, faceva rientrare nel dominio della sua corona le provincie del Genovese e del Faussigny. Le nozze furono splendide e la sposa, giovinetta, entrò in Torino inghirlandata di tutti i fiori e di tutte le speranze, accolta non come una straniera che giunge, ma come una sorella che ritorna.

"Vorressimo scrivere - dice il Castiglione - con penna tolta dalle ali di Cupido le dimostrazioni di pubblica allegrezza per questo inclito maritaggio.

"La humana imaginatione non arriva a concepire il giubilo vicendevole dei suoi amatissimi sposi.

"Pervenuta la sposa in Torino, Madama Reale voleva andarle incontro in carrozza, ma, non godendo di ferma salute, fu necessitata di aspettarla al castello.

"Ascesa, la Regale Sposa, le scale del Palagio fra suoni di trombe, rimbombo di tamburi, spari di moschetterie e di mortaretti, fu incontrata alla porta del salone da Madama Reale, sua suocera, accompagnata dalle principesse e grandissimo stuolo di Dame. Qui accolta, abbracciata e per tre volte baciata con lacrime, indubitati segni di grande affetto, fu da essa complimentata con quei termini che le somministrò la sua naturale gentilezza e facondia incomparabile, veramente regia.

"Corrispose in modi ossequiosissimi, molto espressivi dell'amor riverente dovuti a sì gran Madre, la sposa reale.

"Volle Madama Reale in ogni modo condurla alle sue camere tutto che resistesse quella quanto potè.

"Le loro Altezze passarono interi giorni tra le ricreationi di musiche diverse, fra banchetti solenni, pubblici e alcuna volta privati, ma non men deliciosi, e luminarie e fuochi artifitiali e altri passatempi".

Oimè, la luna di miele, col suo alone roseo d'illusioni, doveva durare ben poco e la bella sposa - pur con tutta la ingenuità dei suoi diciotto anni - non doveva tardar molto ad accorgersi che nello stesso Palazzo, accanto a lei, seduta alla stessa mensa, al corso, a teatro, viveva un'altra sposa del Duca, più antica di lei, terribile di tutta la sua bellezza matura ed esperta, forte da anni e anni d'un'influenza incondizionata, armata d'un'alterigia temeraria, armata, cosa più atroce di tutte, di una figliolanza clandestina, ma riconosciuta dal Duca, amata, collocata in vari collegi di Francia e di Lombardia: la Marchesa di Cavour. E certo, la Duchessa baciava tremando il capo d'oro dell'unico figliolo, tremando per sè e tremando per lui. Quale spaventosa tragedia, silenziosa come la fiumana che serpeggia sotterra, doveva tumultuare nel piccolo cuore non ancora ventenne!

- La Duchessa? non s'accorge di nulla, non vede nulla, non sente!

Vedeva, sentiva, aspettava che il calice fosse colmo...

E il calice fu colmo.

La noia dei salotti secenteschi torinesi fu un bel mattino rallegrata da una novella incredibile.

La Duchessa è fuggita di Palazzo.

Dov'è? Fuggita? Ma no! È a diporto a Moncalieri. A Druent. Ritornerà domani. Non ritornerà mai più.

Non ritornerà mai più! S'è accorta di tutto! Ha sorpreso il Duca con la Marchesa. Finalmente!

Il Duca aveva lasciata la Corte l'altro giorno per la Venaria dicendo d'aver ritrovo di caccia col cugino, l'abate Visconti, che veniva da Milano. La duchessa era rimasta a Torino accusando vapori al cervello, mettendosi a letto, facendosi anzi praticare due salassi consecutivi dal dottor Vinadi, che le prescrisse riposo per quindici giorni. Invece, nella notte successiva la Duchessa fu vista arrivare alla Venaria alle tre del mattino, in una berlina da viaggio, seguita da due governanti e da quattro staffieri. Balza al portone. Le guardie le proiettano in volto la lanterna rossigna, allibiscono, vietano il passo supplicando, implorano quasi piangendo la Duchessa di non salire; ne va della loro vita! La Duchessa legge la verità negli occhi dei soldati tremanti, spezza la catena delle braccia robuste, balza su per le scalee, irrompe nelle sale.

E poi?

Poi nessuno ha visto. Qualcuno ha sentito. Dalla grande camera d'angolo detta l'Alcova delle tre Grazie - pure attraverso le finestre chiuse - giungevano le strida della Marchesa di Cavour, la voce convulsa del Duca, la voce irriconoscibile della giovane Duchessa. Poi più nulla. Fu vista uscire la Duchessa livida, disfatta, fu vista raggiungere barcollando la berlina e la berlina partire di gran carriera, seguìta dai quattro staffieri a cavallo. La Duchessa è ritornata in Francia.

Torino è annichilita. Passano due, tre, quattro giorni. La notizia è ormai diffusa nella nobiltà, nella borghesia, nel contado; la Duchessa è in Francia? No! Non è vero, impone di credere un ordine di Corte, affisso sulla piazza del Castello. La Duchessa è sofferente e tiene il letto da quindici giorni; si celebrerà anzi un Te Deum per implorare dal cielo la sua certa guarigione. Ma nessuno crede a quella commedia, la verità è risaputa; la Duchessa tradita è ritornata presso la sua famiglia d'oltr'Alpe come una bourgeoise qualunque che ritorna dai suoi.

Ma al quinto giorno un'altra notizia sbigottisce Torino: La Duchessa rientrerà fra poche ore in città! Non è stata ammalata, è stata a diporto fino a Chambéry, impone di credere un nuovo avviso di Corte. Il popolo esulta, ma anche in questo è risaputa ben presto tutta la verità. Uno squadrone, dopo la fuga notturna della Duchessa, s'è precipitato, per ordine del Duca, sulle tracce della fuggitiva, ha costretto con le armi spianate la berlina reale a far ritorno a Torino. E la Duchessa ritorna pallida, disfatta, rientra in Torino sorridendo debolmente alla folla plaudente.

- Se non fosse di suo figlio - commenta qualche madre fra la folla, - scommetto che si sarebbe piuttosto lasciata ammazzare che far ritorno... Povera donna!

Verità storiche, registrate dagli archivi polverosi, ma noi non cercheremo la conferma nel tedio delle antiche carte. Tutto l'episodio commovente è chiuso in una canzone popolare fiorita in quei giorni, canzone che non si canta più, ma che è certo tra le più belle, e più significative del folklore subalpino, riportata e tradotta dal Nigra nella sua raccolta di canzoni piemontesi.

La Marchesa di Cavour

Sua Altessa l'è muntà an carossa,

An carossa l'è bin muntè,

Che a la Venaria a völ andè.

Quand a l'è staita a la Venaria,

L'à butà le guardie tut anturn

Per la Marcheza di Cavour.

Bela madamin munta an carossa,

An carossa l'è bin muntè,

A la Venaria la vol dco andè,

Quand a l'è staita a la Venaria,

Llà trova le guardie tut anturn

Per la Marcheza di Cavour.

Bela Madamin sforza le guardie.

E le guardie l'à bin sforzè;

Per cule stanse la vol andè,

Quand l'è staita ant cule stanse,

La Marcheza l'à trova cugià

E Sua Altessa da l'auter là.

- Me ve ringrassio, sura Marcheza.

Sura Marcheza, v' ringrassio tan,

Che vi sia fait un sì bel aman.

Sura Marcheza a j'a ben dì - je:

- So - se l'ì pa del me piazì;

L'è Sua Altessa ch'a vol cozì.

Sua altessa a j'a ben di - je;

- Bela madamin, stè chieta vui,

La Marcheza l'è più bela ch'vui.

Bela Madamin munta an carossa,

An carossa l'è bin muntè.

Che an Fransa la vol turnè.

Quand lè staita a metà strada,

Bela Madamin s'svolta andarè,

A l'à vist avnì dui vàlè-d-piè.

- O ferma, ferma, ti dla carossa,

Ferma, ferma, che t'farò fermè,

E d'entre na tur t' farò butè.

Bela Madamin cha j'à ben di - jè:

- S'a fussa nen del me fiolin,

Già mai, già mai turneria a Turin.

Quand l'è staita pr' antrè ant le porte

tuti fazio solenità;

Bela Madamin a l'è turnà.

L'à mandà ciamè sura Marcheza:

- Mi vi dag temp sulament tre dì,

An sui me Stat fermè-ve pa pi.

Traduzione: Sua Altezza è montata in carrozza, in carrozza è ben montata, che alla Venaria vuol andare. Quando fu alla Venaria, mise guardia tutt'attorno per la Marchesa di Cavour. La bella Madamina monta in carrozza, in carrozza è ben montata alla Venaria vuol pur andare. Quando fu alla Venaria, trovò le guardie tutt'attorno per la Marchesa di Cavour. La bella Madamina forzò le guardie, le guardie ben forzò; per quelle stanze la vuol andare. Quando fu in quelle stanze, trovò la Marchesa coricata, e Sua Altezza dall'altro lato.

- Vi ringrazio, signora Marchesa, signora Marchesa, vi ringrazio tanto, che vi abbiate fatto un sì bell'amante. - La signora Marchesa ben le disse: - Questo non è di mio piacere; gli è Sua Altezza che vuol così. - Sua Altezza ben le disse: - Bella Madamina, state zitta voi. La Marchesa è più bella di voi. - La bella Madamina monta in carrozza, in carrozza ben montò, che in Francia la vuol tornare. Quando fu a metà strada, la bella Madamina si volta indietro, vide venire due staffieri. - O ferma, ferma, tu cocchiere; ferma, ferma, che ti farò fermare e dentro una torre ti farò cacciare. - La bella Madamina ben gli disse: - Se non fosse del mio figliolino, mai più, mai più non tornerei a Torino. - Quando fu per entrare nelle porte, tutti facevano solennità. La bella Madamina è tornata. Mandò a chiamare la signora Marchesa: Io vi dò soltanto tre giorni di tempo, sul mio Stato non fermatevi più.

- S'a fussa nen del me fiolin,

Già mai, già mai turneria a Turin.

El fiolin doveva essere col tempo quel Vittorio Amedeo II, iniziatore d'un'êra veramente nuova e gloriosa nella storia d'Italia. E il sacrificio della Duchessa umiliata, ricondotta alla casa del tradimento come una prigioniera, non doveva essere un vano olocausto del suo cuore di sposa infelice al suo dovere di madre regale.

- S'a fussa nen del me fiolin,

Già mai, già mai turneria a Turin.

LA CASA DEI SECOLI

La casa dei secoli è il Palazzo Madama.

Nessun edificio racchiude tanta somma di tempo, di storia, di poesia nella sua decrepitudine va-ria.

Il Colosseo, il Palazzo dei Dogi, tutte le moli ben più illustri e più celebrate, ricordano il fulgore, di qualche secolo; poi è l'ombra buia dove tutto precipita. Il Palazzo Madama è come una sintesi di pietra di tutto il passato torinese, dai tempi delle origini, dall'epoca romana, ai giorni del nostro Risorgimento. Per questo io lo prediligo fra tutti. Noi torinesi non lo sentiamo più, non lo vediamo più, come tutte le cose troppo vicine e troppo familiari, sin dall'infanzia, o lo consideriamo come un ostacolo non sempre gradito per la nostra fretta di attraversare la grande piazza. Non per nulla nel 1802 ne fu progettato l'abbattimento totale; si voleva liberare Piazza Castello della mole ingombrante; e sia lode a Napoleone I (benefattore dell'arte questa volta come poche volte fu mai) che intervenne scongiurando con un veto formale l'inaudita barbarie.

Noi torinesi siamo anche avvezzi a considerare il Palazzo Madama come un piacevole luogo di convegno solitario, ben difeso dalla pioggia, dal sole, dalla curiosità. Sotto la mole vasta, passeggiando dall'androne medioevale al porticato settecentesco si può attendere una signora - mamma, sorella, amica, amante - e la mezz'ora di ritardo, che ogni donna si crede serenamente in diritto di prelevare sulla pazienza maschile, è meno grave che altrove. In una mezz'ora d'attesa nel rifugio semibuio ci si può inebriare della poesia di due millenni, dimenticare, come in un'oasi risparmiata dal tempo, la vita moderna che pulsa intorno, dimenticare la folla varia e modernissima, le rotaie corruscanti, il balenìo delle lampade elettriche, il rombo delle automobili, dei tram, della civiltà che passa ed incalza.

Due millenni: tutta la vita di Torino. Si può risalire nella notte dei tempi, quando la storia non ha più date e non ha più nomi e il nostro sogno prende non so che tinta crepuscolare livida e paurosa, non priva di un fascino indefinibile: il fascino delle cose non certe.

Qui, tra queste due torri giganti, s'apriva la Porta Decumana (o Phibellona?). Com'era, come poteva essere la Torino di Giulio Cesare? La nostra fantasia la chiude in una cinta quadrata ad imita-zione dei castra e gli storici confermano con arida sicurezza la sua planimetria. Della città romana, l'Augusta Taurinorum, costrutta sullo stampo quadrangolare degli accampamenti legionari romani di Giulio Cesare, ampliata ed abbellita dall'Imperatore Augusto, si può segnare approssimativamente la cinta perimetrale delle mura con i nomi delle attuali vie. Lato Nord per Via Giulio da Via Consolata e per Via Bastion Verde sino al Giardino Reale; lungo questo lato aprivasi la Porta Principalis dexte-ra, ora Porta Palatina: all'angolo di Via Consolata e Giulio è rimessa in piena vista la base della torre angolare nord-ovest delle mura; presso l'angolo nord-est, lungo la Via XX Settembre, era il Teatro Romano. Lato Est, dal Giardino Reale alle Torri Occidentali di questo Palazzo Madama e poi per una linea mediana tra Via Roma e Accademia delle Scienze. Lato Sud, da questa linea per Via Santa Teresa e Cernaia al Corso Siccardi: lungo questo lato aprivasi la Porta detta Marmorea nel Medio Evo. Lato Ovest, da Via Cernaia per Corso Siccardi e Via della Consolata a Via Giulio: lungo questo lato aprivasi la Porta Praetoria detta Segusina nel Medio Evo.

La Torino Medioevale spopolata e immiserita non si ampliò oltre la città romana della quale conservò la planimetria. Vista dalle alture della collina la città doveva ricordare quelle città minuscole, chiuse da alte mura, che le sante reggono per ex-voto nella palma della mano protesa.

Torino finiva adunque qui, dove oggi è il suo cuore più pulsante; qui era un fortilizio: una domus de forcia. Infatti il trattato fra Guglielmo VII, Marchese di Monferrato, e Tommaso III, Conte di Savoia, venne conchiuso nel fortilizio che su queste pietre stesse preesisteva al Castello dei D'Acaja. Il patto fu stretto in domu de forcia quam ibi de novo aedificavimus... La porta romana - scrive il prof. Isaia - era per dimensioni, struttura e pianta, del tutto, uguale alla Porta Principalis dextera o Palatina. Della porta romana, oltre le due torri, conservate nel lato orientale del palazzo, si rinvenne-ro le fondazioni ed una parte dei pilastri tra le fauci, oltre a molti tratti del selciato poligonale.

Addossato alla cinta romana e alla porta sorse all'esterno della città, all'epoca di Guglielmo VII di Monferrato, un fortilizio chiamato nei documenti col nome di Castrum Portae Phibellonae.

Dal 1404 al 1417 il Principe Ludovico d'Acaja ampliò le costruzioni difensive, provvide al rinforzo delle torri romane ed aggiunse alla casa forte del Marchese di Monferrato un corpo di fabbrica fiancheggiato da torri.

Altra trasformazione importante fu quella compiuta al tempo di Carlo Emanuele II, che mutò completamente la disposizione del Castello, riducendo il cortile ad atrio con vôlte a crocera, sostenute da pilastri ed erigendo il grande salone centrale, che fu poi l'aula del Senato.

A tutti i precedenti lavori si aggiunsero infine, nel 1718, la facciata di ponente e il grandioso scalone a due rami costrutti dal Juvara.

L'epoca romano con le sue pietre massicce, il medio evo col profilo merlato delle sue torri, il Rinascimento che cercò di illeggiadrire la casa forte con qualche segno di bellezza, il 700, infine, che chiude questo sovrapporsi di epoche e di stili con l'arte del Juvara: tutto un poema di pietra. Quali figure di donna animarono questa pietra che reca nel nome stesso una chiara dedicatoria muliebre e non so che imponenza matronale? Palais de Madame Royale, Palazzo Madama nel dialetto infranciosato subalpino, ma prima ancora, fin dall'inizio del medio evo, intitolato a Nostrae Dominae, a Nostra Signora. E non in senso mistico, non a Nostra Donna, che sta nei cieli, ma ad una donna di carne, certo molto bella.

Quale dei rudi Marchesi di Monferrato, quale dei Principi d'Acaja ebbe pel primo l'idea di quell'ossequio coniugale, veramente cavalleresco, verso la sua amatissima sposa? Dominae, Mesdames, Madame: le Marchese di Monferrato, le Principesse d'Acaja, le Contesse e le Duchesse di Savoia, animarono per secoli, per quasi un millennio, lo squallore tetro di queste mura e forse i loro fantasmi attirano la nostra fantasia più degli avvenimenti che qui si svolsero o furono sanciti. Avvenimenti solenni e storici: dalla pace conchiusa tra i Marchesi di Monferrato e i Conti di Savoia, dalla pace tra Genovesi e Veneziani, che ebbe ad arbitro inappellabile il Conte Verde, al Senato del Regno, che meditò le sorti dell'Italia risorgente ed ebbe sede nella grande aula dal 1848 al 1864. Avvenimenti giocosi e pittoreschi, l'Abbazia degli Stolti, ad esempio, la singolare associazione privilegiata ed approvata dal Duca, la quale aveva qui la sua sede, apprestava le pubbliche feste e le pubbliche facezie e attendeva a cariche singolari come la percezione del diritto di barriera, tassa che gravava sui novelli sposi che giungevano a Torino. La coppia era fermata precisamente tra queste torri, alla Porta Decumana; l'Abate degli Stolti, con i suoi Monaci si recava incontro agli sposi in pompa magna e con rituale scherzoso fingeva di voler loro impedire il passo: lo sposo doveva sottostare ad al-cune formalità e sborsare un tanto per fiorino sulla dote della sposa novella. I Monaci cedevano il passo e la coppia entrava in città. Consuetudini che sanno di lepida farsa; ma l'Abbazia attendeva ancora all'allestimento di feste solenni, di giostre sontuose, quali si sognano soltanto nei poemi caval-lereschi; e il cortile antistante al Palazzo si gremiva di popolo plaudente. Gli storici rammentano la giostra allestita a cura dell'Abbazia nel dicembre 1459 tra il Cavaliere errante Giovanni di Bonifacio e Giovanni di Compei, i quali si provarono alle armi a piedi ed a cavallo. Rammentano le splendide feste del 1474 in occasione della elezione del Rettore dell'Università, alle quali era presente la Du-chessa Violante di Francia vedova del beato Amedeo IX e quelle per la Marchesa di Monferrato, moglie di Guglielmo VIII. Nel 1500 per le nozze del Duca Carlo Emanuele con Caterina d'Austria - scrive Daniele Sassi - nella sala maggiore del Palazzo si formò un teatro per rappresentare il Pastor Fido del Guarini. Il Duca Carlo Emanuele aveva spirito d'artista, incoraggiava le pubbliche festività, componendo egli stesso azioni spettacolose di soggetto mitologico o marziale. La Corte ne seguiva l'esempio. Così nel gran salone del Palazzo Madama il Conte San Martino d'Agliè produsse un suo Ercole domatore dei Mostri e un Amore domatore degli Ercoli, ed altre inventioni; il Principe Mauri-zio, figliolo del Duca, scrisse e recitò il suo Nettuno Pacifico... Dolce accademia, arcadia di endeca-sillabi sciolti, di stucco e di tela dipinta! Come si conciliava il "bello stile" con la rudezza guerresca piemontese? Come la letteratura iperbolica con il gaio stuolo illetterato di quei tempi in cui la lingua, italiana era lingua straniera e poche erano le dame che sapessero scrivere il proprio nome o lo scrive-vano con quella calligrafia tremula, deforme che oggi distingue soltanto certe serve campestri?

Non erano però illetterate le spose dei signori: non era illetterata la moglie di Guglielmo VIII di Monferrato, nè la moglie di Ludovico I, se scrivevano in corretto latino epistole affettuose ai consor-ti, lontani e guerreggianti; non quella Giovanna Battista di Savoia Nemours che componeva in un dolce francese arcaico strofe piene di sentimento aggraziato, non Cristina di Francia, la prima Ma-dama Reale, che culmina nella storia e nella leggenda. Il solo suo nome sembra evocarne l'ombra im-ponente; e l'ombra invade gli atri, le scale, i saloni di questo Palazzo Madama, l'occupa tutto come sua dimora, esclusiva, sembra offuscare d'una luce unica i fantasmi leggieri delle altre principesse.

"Beauté, douceur, esprit, mémoire, jugement fin, éloquence, libéralité, constance dans le malheur, tout concourait à en faire une princesse, accomplie. Elle s'exprimait avec noblesse et avec grâce en français, en espagnol, en italien. Ses connaissances, variées, sa sagacité d'esprit ne l'empêchaient pas de déférer volontiers aux bons avis.

"Quoiqu'elle ne fut pas ennemie des fêtes et des plaisirs, elle se livrait avec assiduité aux affaires d'état les plus graves. Nous la verrons exercer une grande influence durant le règne de son époux, gouverner avec sagesse pendant les onze ans de sa régence, être, toute sa vie, l'âme des affaires. Vêtue en amazone, cette Princesse conduit elle-même au camp de Verole cinq régiments d'infante-rie, et deux mille hommes de cavalerie, inspecte les troupes, les exhorte à bien faire, et ne revient à Turin qu'après leur avoir vu prendre la route de Verceil".

Così l'ufficioso, e molto timorato storico Jean Frézet, abate di Corte e pedagogo.

Certo è che, rimasta vedova giovanissima, lanciata dal destino tra le vicende più tragiche che pos-sano turbare un reame, Madama s'innalza nella nostra fantasia come un'immagine di forza e avvedu-tezza che pochi regnanti possono vantare. Ella sa equilibrarsi, tra cupidigie opposte, tra nemici for-midabili. La Francia da una parte, che è pure la sua patria perduta, la quale l'incalza contro la libertà del Piemonte con la politica subdola, terribile, inesorabile di Richelieu e del fratello Luigi XIII. Dall'altra la fortuna e la libertà del Piemonte che è anche la fortuna e la libertà del figlio superstite, un gracile bimbo di sei anni che ella adora e che sarà col tempo il grande Vittorio Amedeo; dall'altra i cognati: il Principe Tommaso e il Cardinale Maurizio implacabili contro la Reggente. Da questo nodo di cupidigie opposte scoppia la guerra civile del 1640. C'è, di quei giorni, una lettera di Madama, che non si può leggere senza un fremito di commozione e di ammirazione, e che rivela la tempra veramente superiore di quella donna che ha paura d'esser donna. Ella deve lasciare per qualche giorno la Cittadella, deve abboccarsi segretamente col fratello Luigi XIII e Richelieu, a Grenoble, per moderarne i disegni crudeli e conciliare il destino di tutti quelli che ama. Essa lascia il figlio piccolino al Marchese di San Germano, lo affida con queste parole che è bene meditare: "Je vous confie le dépôt le plus cher. Ne laissez point sortir monn fils de la Citadelle: n'y recevez pas d'étrangers. Ne remettez cette place forte à personne. Si vous receviez des ordres contraires, fussent-ils revêtus de ma signature, regardez-les comme non avenus. On me les aurait extorqués. Je suis femme".

E altrove, accasciata per un attimo dal destino che minaccia la catastrofe ultima, oppressa dalla malvagità dei più famigliari, scrive al fratello: L'heureux a peu d'amis: le malheureux n'en a point!

Je suis femme. Com'era? Bella? Nessuna stampa dell'epoca la ritrae come doveva essere: è forse bene che il nostro sogno faccia di tutte le sue effigi una sola, per vederla com'era, o basta sillabare il suo nome, pensarla intensamente ad occhi socchiusi perchè la sua figura si profili contro la parete sanguigna, sotto le vôlte a crociera. Ha una veste nera - non ha deposto le gramaglie più mai, dal giorno che è rientrata in Torino vittoriosa centro i suoi sudditi - la quale l'avvolge graziosamente, con un guardinfante appena accennato: una veste che potrebbe ricordare la foggia odierna se non terminasse alle maniche, alla gorgiera con sbuffi di velo bianco e ondulato. Madama non ha più gioielli. Dato fondo al Tesoro per sostenere le spese della guerra, essa ha venduto i famosi brillanti, dono e retaggio di principi sabaudi, ha venduto "le smaniglie e le boccole pesanti", ha venduto la collana di Ahira, la meravigliosa collana bizantina d'oro massiccio e di smeraldi che gli Avi Cristianissimi avevano portato da Gerusalemme al tempo delle Crociate: "J'aime mieux, mon frère, me passer de joyaux que de lasser mes troupes sans paie...". Il volto è circondato da un'acconciatura di tulle nero, alla Holbein, che gli darebbe non so che espressione monacale se sotto non balenassero gli occhi chiari di amazzone, il profilo diritto, la bocca volontaria, la mascella forte: un volto che sembra la maschera dei guerrieri greci, come si sognavano nelle fantasie mitologiche di allora, non il volto d'una Regina, d'una donna segnata dal destino al dolore ed all'amore.

L'amore? "Elle eut des envieux, des ennemis qui s'efforcèrent de répandre des nuages sur ses belles qualités: la calomnie n'épargna pas la grande Princesse".

L'amore? La immagino dolorante, tragica, combattiva: non la so pensare amante. Se qualche verità c'è in fondo alla calunnia e alla leggenda, se in un'ora di sconforto supremo ella ha piegato la bella fronte virile sulla spalla di qualche amico, certo deve essersi sollevata subito, conscia del suo destino, deve aver ripetuto fieramente al favorito d'un'ora le parole che scriveva al Marchese di San Germano: "Regardez-les (trattati politici o baci che fossero) - regardez-les corame non avenus, on me les aurait extorqués. - Je suis femme".